미중
전쟁

2

미중전쟁

2
백악관 워룸

김진명 장편소설

차 례

"미국은 어떤 일이 있어도 군사적 힘을 포기할 수 없어요.

경제가 다 망해도 군사비를 폭포수처럼

쏟아부어야 하는 나라에요.

그게 미국의 슬픈 운명입니다."

22.
악마 해결사

"프랑스 놈들은 다 도둑이오."

백악관 올드 패밀리 다이닝룸의 기다란 식탁에서 키신저와 마주 앉은 트럼프는 캘리포니아산 온다 도로를 노老정객의 잔에 따르며 입술을 씰룩거렸다.

"프랑스 사람들이 어때서요?"

"5대 명품 와인 어쩌고 하면서 전 세계를 우려먹고 있지만 이 캘리포니아 와인들보다 훨씬 못하단 말이오. 박사님, 어떤 일이 있었는지 알아요?"

"들어봅시다."

"한 7, 8년 전인가, 서울에서 열린 블라인드 테이스팅에서 모든 와인을 제치고 칠레 와인 돈 막시미아노가 일등을 했어요. 그 몇천 달러짜리 명품이란 것들을 제치고 50달러짜리가 우승했단 말이오. 그래서 좀 찾아보니까, 세상에 그게 그 전년도 베를린에서도 일등을 한 거요. 당장 뉴욕 와인 숍마다 모두 전화질을 해서 내가 몽땅 다 사버렸지. 뉴욕에서는 아예 돈 막시미아노 씨를 말려버렸단 말이오. 그리고 매일 그걸 마실 때마다 한 병에 몇천 달러씩 번다 생각하니 얼마나 흐뭇하던지. 프랑스 도둑놈들 욕도 하면서. 그런데 말이오.”

이미 90이 넘은 키신저는 와인을 홀짝거리며 마치 무슨 말이 나올지 알겠다는 듯 야릇한 웃음기가 담긴 눈길을 트럼프의 입가에 꽂아두고 있었다.

“신나게 한 일주일 동안을 퍼마셨는데 그다음에 보니까 이 웃기는 놈의 아가리가 도로 라투르를 마시고 있더라니까. 그 썩을 놈의 명품 와인을.”

“푸하하하!”

키신저는 나이를 잊은 듯 폭소를 터뜨렸고 트럼프도 낄낄거렸다.

“돈 맛사진지 뭔지 하는 놈들은 도로 다 팔아버렸소. 50퍼센트 밑지고, 제기랄. 우리 입맛이 모두 그 프랑스 사기꾼들한테 길들여져 있다니까요.”

“하하하하!”

"크크크크!"

키신저는 트럼프와 같이 한참이나 식사와 와인을 즐기며 웃고 떠들고 하다 어느 순간 대화 분위기를 바꾸고 낯빛을 엄숙히 했다. 그러자 트럼프는 일어나 키신저를 손님이나 가족으로부터 방해받지 않는 자신만의 전용 공간인 트리티 룸으로 안내했다.

"북한 핵 문제는."

트럼프는 외교의 귀재인 키신저를 절대적으로 믿었고, 매사 그의 조언을 그대로 이행해온지라 최근 북한과의 대치 국면에 관한 그의 의견을 물을 겸, 지난번 트리티 룸에서의 대화에 이어 다시 식사 초대를 한 것이었다.

"이제까지와는 전연 다른 각도로 보아야 합니다."

"얼마 전 로켓보이에게 겁도 줄 겸 문재인에게 경고도 할 겸 쥐도 새도 모르게 랜서 두 대와 전폭기 열여섯 대를 올려 보냈는데 둘 다 가타부타 반응이 없어요."

"김정은은 그렇다 치고 문재인에게는 왜 경고를 보냈지요?"

"그 친구 얼마나 내 분을 돋우는지 몰라요. 죽어라 전쟁 반대, 선제타격 반대를 외치고 나오는데 꼭 우리가 한반도에 전쟁을 일으키지 못해 환장한 놈같이 보이잖아요."

"대통령 각하도 생각을 바꾸는 게 좋을 겁니다."

"어떻게요?"

"한국이 무조건 우리 편이라는 생각에 문제가 없는지 점검해봐야 한다는 말입니다."

"정말 요즘 와서는 뭐가 뭔지 어리벙벙해요. 도대체 한국이 우리 편인지, 저쪽 편인지. 북한의 핵 보유를 진짜 원치 않는지, 아니면 그 반대로 핵을 가져라, 가져라 응원하고 있는 건지."

"내 얘기를 잘 들으세요."

"물론이죠."

"우선 한국의 외무부를 잘 보세요. 전통적으로 우리 미국과 통하던 외교관들은 모조리 잘려나갔어요. 외무부 북미국을 중심으로 미국 정부와 제대로 된 영어로 소통이 되고 깊은 비밀을 공유하던 친미 인사들은 지금 외교안보 라인에서는 아예 찾아볼 수조차 없어요. 외무부 장관도 마찬가지야. 한국을 10년이나 떠나 있던 사람을 국제 소통에 능하니 어쩌니 하면서 이 중차대한 시국에 외무장관으로 기용했단 말입니다."

"허수아비를 장관으로 세워 외교부의 세력화를 방지하고 뒤에서 좌지우지하겠다는 거군요."

"게다가 전시작전권도 그 어느 때보다 강력하게 요구하고 있어요."

"미군 대장이 한국군 대장의 지시를 받으라는 건데, 결국 주한미군 규모를 줄이거나 나가라는 것과 뭐가 달라요. 게다가 전술핵이라도 갖다 놓으면 한국군이 핵무기 사용을 결정한다는 건가?"

"어쨌든 문재인 정권은 미국 없이 자주적으로 하겠다는 거예요. 좀 더 리얼하게 말하면 미군이 방해가 된다는 겁니다."

"설마?"

"벌써 외교 라인에 친미 외교관을 싹 배제한 게 그 뜻이 아니면 뭐겠어요? 문 정권의 참모들은 미군이 없으면 오히려 좋다고 생각해요. 북한과 대화해 평화도 통일도 얼마든지 이끌어낼 수 있다고 보는 거지요. 미국이나 미군은 방해가 된다고 믿고 있는 겁니다."

"그럼 북한 핵은?"

"핵은 문 정권의 제1 관심사가 아닙니다. 문재인은 핵 해결보다 중요한 게 있다고 생각해요."

"뭔데요?"

"북한과의 대화."

"그게 말이 되냐고요?"

"말이 되든 안 되든 현재 한국의 집권자들은 그렇게 생각하고 있는 거예요. 그게 현실이니 받아들여야 해요. 그러니 그 바탕 위에서 우리의 전략을 새로 짜야 한다는 얘깁니다."

트럼프는 얼마 전 워룸 회의에서 북한을 공격하는 데 가장 문제가 되는 건 바로 문재인이라던 합참 본부장의 보고에 따라 주한미군과 한국군은 상수에 넣지 못했던 기억을 떠올렸다.

"한국이 크게 달라진 건 사실이에요."

"그러니 우리가 강제로 북한 핵을 제거하는 걸 한국 정부가 원하지 않는다는 바탕 위에서 전략을 다시 짜야 한다는 말입니다."

"어떻게요?"

"그 바탕 위에서 우리가 북한 핵에 대해 할 수 있는 건 세 가지가 있어요. 첫째는 여전히 북한 핵을 무력으로 제거하는 겁니다."

"한국 정부나 한국군과는 상관없이?"

"그렇지요."

"쳇!"

트럼프는 푸념했지만 이내 좋은 생각이 났는지 키신저의 눈을 보며 밝은 얼굴로 말했다.

"한국이 그렇게 생각한다면 더 편하긴 해요. 지금 저 로켓보이를 내 성질대로 못 하고 쩔쩔매는 건 한국이 인질로 잡혀 있다는 이유 하난데, 한국이 저런 식으로 나오면 그런 걱정 안 해도 되겠네요."

키신저는 수긍하는 표정으로 고개를 끄덕이고 말을 이었다.

"또 하나는 북한 핵에 대해 아예 무심하게 지나쳐버리는 겁니다."

"그냥 둔다는 말인가요?"

키신저는 고개를 끄덕였다.

"각하, 생각해보세요. 북한이 핵을 가지면 러시아도, 중국도, 일본도, 한국도 다 문제가 생겨요. 그런데 현실을 보면 모두 무관심하거나 심지어는 은밀히 부추기고 있는데 우리 미국만 땀을 뻘뻘 흘리고 있어요. 게다가 일본을 제외한 다른 나라들은 모두 우리를 전쟁광으로 보고 있어요. 이게 무슨 바보짓입니까?"

"그러나 북한이 핵을 가지는 걸 우리가 수수방관하면 일본이 100퍼센트 거대 핵무장을 할 텐데요."

"오히려 더 좋은 거 아닙니까?"

"네?"

"중국은 북이 핵을 가지는 걸 좋아한다는 분석도 있어요.

그럼 미군이 한반도에서 나간다는 말이지요."

"중국이야 그렇게 생각할 수도 있겠지."

"그럼 우리도 똑같이 생각하는 겁니다. 일본을 핵무장시키는 거지요. 일본이 핵무장하면 중국이 죽어납니다. 중국은 오랜 세월 북한을 비호하며 사실상 핵무장을 시켜왔는데 우리만 우리 편을 꽁꽁 묶어놓을 필요 없는 거 아닙니까?"

"그럼 한국도 핵무장을 할 텐데요?"

"한국은 하라 그래도 안 해요."

"네? 북한, 일본, 중국, 러시아가 다 핵무기로 무장하는데 한국인들은 안 한다고요?"

"잘나가는 원자력 발전소도 핵 반대라고 해서 없애는 정권이 핵무장을 하려고 들겠어요?"

"그러다 북한이 침공하면?"

"그들은 미국이 한반도에서 나가기만 하면 북한과 잘 살게 돼 있지 남침이란 없다고 생각하는 거예요. 한국인 중에는 한국전쟁도 미국 때문에 일어났다고 생각하는 사람이 아직도 많아요."

"일본이 침공하면? 우리가 나가면 일본이 바로 독도를 탈환하려 들 텐데요."

"대통령 각하, 우리 그런 것까지는 신경 쓰지 않는 게 좋겠어요. 그건 한국인들 문제니. 여하튼 우리가 북한 핵에 눈을 감는 방법이 있는 겁니다."

"마지막 하나는요?"

"중국과 판을 다시 짜는 겁니다."

"어떻게요?"

"중국으로 하여금 북한의 핵무기를 제거하게 하고 우리는 아예 한반도에서 철수하는 거지요."

"뭐라고요?"

"중국은 마음만 먹으면 얼마든지 북한의 핵을 제거할 수 있어요. 그것도 아주 수월하게 말입니다."

"그거야 그렇지요. 하지만 그렇게 되면 한반도가 중국의 영향력으로 꽉 찰 텐데요. 아니, 영향력 정도가 아니라 아예 중국령 한반도가 될 텐데요."

"차라리 그게 미국에 낫다는 얘깁니다. 미국은 일본과 나토라는 두 경쾌한 날개로 날아도 충분합니다. 가벼운 게 강한 거예요. 경제도 점점 어려운데 언제까지나 우리 군대를 그렇게 외국에 많이 보낼 수 있겠어요? 괜히 한반도라는 수렁에 발이 빠져 허우적거릴 필요가 없어요. 그리고 무엇보다 중국을 인정하고 중국과 더불어 세계를 경영해나가는 겁니다. 상대의 실체를 인정하는 것, 그게 진정한 세계 평화가 아니겠어요?"

"박사님은 셋 중 어느 쪽을 선택할 거요? 만약 내 자리에 있다면."

"나는 세 번쨉니다."

"핵 문제 해결을 중국에 맡기고 한반도에서 빠져나온다? 그리고 일본을 교두보로 한다? 사실 그게 요즘 우리 경제 형편에 맞긴 한데."

"그게 경제 형편에 맞을 뿐만 아니라 대통령 각하의 감세 정책에도 맞아요. 2017년 재정 적자가 6,600억 달러인 데다 각하의 1조 5천억 달러 감세 정책이 통과되면 재정을 운영할 돈이 태부족입니다. 앞으로 한반도 문제는 중국에 맡기는 게 백 번 나아요."

트럼프는 미세하게 고개를 끄덕였다. 역시 외교의 귀재이자 70년간 미국의 정책을 담당해온 키신저의 견해는 날카로웠고, 무엇보다 자신의 선거 공약과 잘 맞아떨어지는 것이었다.

그는 자리에서 일어나 커피 잔을 들고는 마치 술잔처럼 눈높이로 들었다.

"이 커피는 프랑스제 아니니까 안심하고 건배하자구요."

작달막한 키의 키신저는 팔을 뻗어 자신의 잔을 트럼프의 잔에 세게 부딪쳤다.

"키신저 박사님, 잘 알겠소. 그 날카로운 조언 깊이 고려하겠소."

키신저를 현관까지 배웅해 차문까지 직접 열어준 트럼프는 집무실로 가면서 사위 쿠슈너를 불렀다. 최근에 와서 트럼프는 그 누구보다도 딸 이방카와 사위 쿠슈너를 신뢰했다. 쿠슈너는 예리하고 미래를 보는 눈이 탁월한 데다 무엇보다도 가감 없이 있는 그대로를 트럼프에게 직언하는 심복 중의 심복이었다.

대통령 선거 때 주미 러시아 대사를 비롯해 러시아 측 인사를 만난 게 문제가 되어 백악관 참모들은 그와 어느 정도 거리를 둘 것을 조언하기도 했으나 트럼프는 그 누구의 조언도 받아들이는 사람이 아니었다.

오히려 요즘 와서 쿠슈너는 은밀히 중동 각국을 다니며 공식 라인이 풀지 못하는 외교적 난제들을 매우 효율적으로 풀어내고 있어 트럼프의 신뢰는 더욱 높기만 했다.

23.
한국과 일본

"이봐, 제리. 키신저를 어떻게 생각해?"

쿠슈너는 의외의 질문에 어리둥절했다. 장인이 자신을 불러 스스로 우상처럼 우러러보는 키신저의 평가를 구하는 건 이상한 일이었다.

"키신저 박사야 70년 이상 정부 일도 하고 전 세계에 영향력을 끼쳐온 사람인데 제가 어찌 그분을 평가하겠어요?"

"그래도 한번 말해봐."

"그 사람은 무엇보다 비밀외교의 아이콘이죠."

"성향은?"

"철저한 현실주의자에다 앞날을 예측하는 힘이 거의 신기에 가까운 사람이에요. 그가 말하면 늘 그대로 되어왔으니까요."

"장점 말고 단점을 얘기해봐."

"그의 별명이 악마 해결사예요. 언제나 강대국에 약소국을 희생시키는 게 그가 펼치는 비밀외교의 결과라는 데서 생긴 별칭이에요."

"키신저가 한국을 잘 아나?"

"아마 미국인들 중에서는 누구보다 잘 안다고 할 수 있을 거예요."

"그가 오늘 내게 한반도 핵 문제를 중국에 맡기고 우리는 빠져나오라고 하던데 자네는 어떻게 생각해?"

"그건 안 됩니다. 중국에게 한반도를 헌상하는 바보짓이에요."

"키신저는 강력히 그걸 하라는데, 그렇다면 거기에는 우리가 모르는 이득이 있을 거 아닌가?"

"한국 정부가 외교부의 친미 라인을 다 끊어버려 화가 난 걸까요?"

"그는 자네처럼 화를 내거나 싸우는 타입이 아니야. 속으로 죽일 궁리하며 겉으로는 따뜻하게 웃는 스타일이지."

"여하튼 우리가 나오면 한국은 추풍에 낙엽입니다. 북한이나 중국이나 한국 혼자서는 너무 버거워요."

"어느 길로 가든 중국 품 안에 들어가는 건 피할 수 없는 숙명이잖아?"

"그렇습니다."

"키신저는 비할 데 없이 커진 중국의 실체를 인정하라고 하는데. 그 얘기는 우리가 북한을 때리면 중국이 가만있지 않는다는 뜻이 아닌가."

"그는 과거에도 평양과 원산 사이에 금을 그어 그 이북에는 중국군이 주둔하는 게 옳다고 주장했어요."

"그가 중국과 친한가?"

"물론이죠. 닉슨의 핑퐁 외교를 만들어내 미중 간 냉전을 끝낸 장본인 아닙니까! 중국의 왕이 외교부장은 아무리 바빠도 미국에 올 때는 꼭 뉴욕에 들러 그에게 인사를 하고 갑니다. 게다가 그가 쓴 책들은 전부 중국에 관한 내용이고 중국 찬양 일색입니다."

"그럼에도 불구하고 한국을 중국에 내주고 한반도에서 철수하라는 그의 주장을 좀 긍정적으로 평가할 부분이 있나? 객관적으로 말이야."

쿠슈너는 신중한 성격이었다.

"의견을 좀 들어보고 말씀드릴 테니 잠깐 기다리시죠."

쿠슈너는 전화기를 꺼내 번호를 눌렀다. 트럼프가 지루하게 기다리는 것도 아랑곳하지 않고 한참이나 대화를 하고 난 뒤 의외라는 표정으로 입을 열었다.

"하버드 대학교의 스티븐 월트 교수예요. 동맹이론의 최고 봉이며 오랫동안 한반도를 연구해온 석학이죠. 조지프 나이의 소프트 파워를 일찍부터 잠꼬대 같은 소리라고 비판해왔는데 지금 상황은 그가 옳았다는 걸 보여주고 있어요."

"복잡한 소리 하지 말고 간단히 말해. 뭐라 그래?"

"한국이 미국이냐 중국이냐를 선택해야 할 경우, 미국을 선택할 확률이 50퍼센트가 안 될 거래요."

트럼프는 놀라움과 분노가 뒤섞인 음성으로 거칠게 물었다.

"뭐라고? 그게 말이 되는 얘기야? 한국전쟁 때 우리는 그들을 돕기 위해 생명과 재산을 바쳤고 중국은 적이었잖아. 그들이 개입해 북한을 살렸고 통일도 막은 거 아냐? 그 후 우리가 한국을 원조하고 북한, 소련, 중공의 세 악마 같은 나라로부터 안보를 지켜주어 지금의 번영을 이루지 않았나? 그런데 어째서 미국이 중국보다 못하다는 거야? 그게 도대체 말이나 되는 소리야? 월트란 놈 정신이 좀 이상한 거 아냐?"

"그는 한국에 두 개의 뚜렷한 정치적·사상적 갈래가 있다고 해요. 하나는 친미, 보수, 영남, 노년의 축이고 또 하나는 친중, 진보, 호남, 청년의 축인데 지금의 문재인 대통령은 후

자인 데다 신뢰도가 높아 국민들은 그의 노선을 따를 거라는 군요."

"문재인은 반미주의자인가?"

"그는 가변적이지만 그의 젊은 참모들은 한결같이 반미 기질이 있어요. 게다가 그가 정치 스승으로 모시다시피 하는 사람이 바로 '반미면 어떠냐'던 노무현 전 대통령이에요."

"한국인들이 공산당 독재에다 인터넷도 마음대로 못 쓰게 하는 중국을 따른다? 그러니 괜히 그런 데 속 썩이지 말고 아예 철수하고 일본을 경계선으로 하라? 음, 이제야 키신저가 제대로 이해되는군."

"우리가 한국에서 철수하면 대단한 장점 하나가 있긴 해요."

"뭐지?"

"어차피 한국은 중국을 상대로 싸울 수 없는 나라예요. 그들은 중국을 상전으로 모시는 데 아주 익숙하죠. 우리는 한국을 대할 때 반드시 격을 맞추지만 중국은 아예 아랫것 대하듯 합니다. 한국의 장관을 대할 때는 우리도 장관이, 국장을 대할 때는 우리도 국장이 나서지만, 한국과 중국이 이전에 협상하는 걸 보니 중국 외교부의 부장조리가 한국의 청와대 안보실 차장을 상대하더군요. 두세 계단 차이가 나요. 이처럼 중국은 예전부터 한국을 밑으로 대하는 게 습관이 돼 있고, 한국은 중국을 받드는 게 관습인 것 같아요."

"한국인들은 중국을 모르나? 천안문에서 자유를 부르짖는 사람들을 탱크로 깔아뭉개는 걸 보고도 중국으로 간다고?"

"중국보다 미국을 더 싫어하는 사람도 많아요. 여하튼 일본은 한국과 달리 중국을 상대할 힘이 있고 무엇보다 기질이 강해요. 키신저 박사는 미국이 편하게 나가는 것이 맞다고 생각하는 거예요."

트럼프는 평소와 다르게 눈을 감고 깊은 생각에 잠기는 모습이었다.

"음, 일본이라."

"일본은 중국을 상대할 만한 충분한 힘이 있어요. 우리가 한반도를 빠져나오면 일본이 엄청난 무장을 합니다. 핵은 말할 것도 없고요."

"일본이 핵무장을 하고 독도를 먹으려고 들면 우린 어떻게 해야 하지?"

"독도요? 왜 갑자기 그런 생각을 하시죠?"

"지난번 한국에 갔을 때 청와대 만찬에 특별히 독도새우를 내왔거든. 명백히 한국 땅인데 일본이 영유권 주장을 한다 그랬어."

"우리가 한반도에서 철수한 후에는 한국을 도울 수 없습니다. 당장 지금 일본이 독도 탈환에 나서도 우리가 군사적으로는 못 나서요."

"중국이 나서나?"

"하하, 장인. 자기네 섬도 일본에 뺏기고 쩔쩔매는 중국이 독도를 지켜준다고요?"

"지금 생각해보니 일본을 경계선으로 한다는 건 상당히 매력적인데. 일본을 경계로 하면 골치 아픈 건 다 없어지지. 생동감 있는 한국 경제를 중국에 넘겨주는 게 아깝기는 하지만. 그런데 중국이 수출대국인 한국 경제를 흡수하면 더 강해질 거 아닌가."

"그렇지 않습니다. 한국 경제는 우리가 빠져나오면 순식간에 붕괴합니다."

"어째서?"

"미국과의 동맹이 끊어지게 되면 한국은 앞으로 북한의 한마디 한마디에 따라 출렁거릴 수밖에 없어요. 북한과 합치니마니 하면서 사회가 출렁거리는데 경제가 되겠어요? 어떤 기업도 한국에 투자를 안 하겠지만 무엇보다 한국 기업들이 빠져나오려고 난리 칠 거예요."

"무엇보다도 일단 유사시에 한국은 군사적으로 절대 도움이 안 된다는 게 문제야. 예전에 주일대사를 지낸 누군가가 내게, 일본이 한국을 침략한 횟수가 모두 770번인데 한국이 일본을 침략한 적은 역사상 단 한 번도 없다더군. 이웃한 두 나라가 770 대 0이라면 그건 강하고 약하고의 문제가 아니라 국민 DNA의 문제라고 했어."

"일본은 오히려 중국을 거의 지배할 뻔했고, 요즘도 중국으로부터 센카쿠를 거의 빼앗다시피 했잖아요. 아까 그 청와대 안보실 차장이 상대했던 중국 외교부 조리를 일본은 외무성 국장이 상대했어요. 일본은 한국하고는 정신부터가 달라요."

"어차피 반미다 뭐다 말썽 많은 한국을 중국에 맡기고 빠져나온다, 그게 한국인들도 바라는 바라고? 그런데 문제인은 왜 미국을 그리도 미워하나? 말로는 자신이 미국 덕분에 태어났다 하면서?"

"그가 미워하는 게 아니고 그의 참모들이 그렇다는 거죠. 그들은 북한과의 대화가 미국 때문에 안 된다고 생각하는 거 같아요."

"언제 미국이 남북대화 말린 적 있나? 자기들끼리 잘하다 항상 북한이 보이콧하지 않았나? 이산가족 상봉도 잘하다가 북한이 비틀었고, 금강산 관광도 잘하다 북한이 총 쏴서 그만두었고."

"키신저 얘기는 분명 깊이 생각할 부분도 있지만, 제 생각에는 한반도에서 경솔하게 나오는 건 안 됩니다."

"왜? 미국을 위해? 아니면 한국을 위해?"

"두 나라 모두를 위해서요."

"두 나라 모두를 위한 거라면 미군 주둔을 한국이 좋아해야 하는데 지금 한국의 태도는 미국을 원치 않는다는 거 아닌가?"

"문 대통령 자신은 조금씩 참모들을 떠나서 동맹과 주한미군에 우호적으로 변신하는 것 같습니다. 종일 참모들의 보고를 받고, 참모들이 짜준 일정을 따르고, 참모들의 생각만 접하고 있는 게 문제이긴 하지만."

"제기랄, 키신저를 만나고 나니 더 찜찜하군. 그건 그렇고, FBI 수사도 중단시켰으니 서서히 시작해."

"안 그래도 주코프를 만날 생각이었어요."

"극비리에 하되 최고로 해야만 해. 그 비즈니스는 최소 10조 달러 이득이야. 거기에 나와 미국의 앞날이 달렸어."

24.
신비한 아이린

　화요일 저녁, 인철은 아이린과 약속한 이태리 식당 베니니에 도착했다.

　죄송, 차가 막혀 약간 늦겠어요.

　아이린의 문자를 받고 페리에 한 병을 시켜 잔에 따르던 인철은 방울방울 일어나는 거품을 보며 지난번 아이린과 나누었던 말들을 떠올렸다. 와인 두 병을 거의 비웠을 무렵 소치에 같이 가자고 했던 그녀. 트럼프의 지시로 수사를 중단하게 되었을 때 그녀가 보였던 애처로운 표정이 또렷이 떠오르자 인철은 정말 소치에 같이 갈까 하는 생각마저 들었다.

그러나 인철은 이내 고개를 가로저었다. 아이린과 단둘이 여행을 하면 무슨 일이 생길지도 모르는데 그런 마음을 갖는 것 자체가 이지에 대한 배신이라는 생각이 들었다.

이지는 다행히도 청와대에 잘 적응해 매일 문자를 보내오고 있었고, 그걸 읽고 답신을 보내는 게 요즈음 인철의 가장 큰 기쁨이었다. 인철은 아이린과의 모든 대화와 만남은 일의 범위 안으로 한정 지어야 한다고 생각했다. 자칫하면 선을 넘을 위험이 극도로 높은 여자였다.

"무슨 생각을 그리 골똘히 하고 계실까요?"

아이린은 화사한 차림으로 나타났다. 순간 인철은 매우 낯선 기분이 들었다. FBI 수사관에게는 도저히 기대할 수 없는 우아하고 고급스러우며 큰 사치를 해본 여성만이 내뿜을 수 있는 화려함이 아이린에게는 본능적으로 배어 있었다.

인철은 정색을 하고 말했다.

"아이린, 당신은 분명 직업을 잘못 택했어요. 지금 이대로 촬영장으로 뛰어가도 세상에서 가장 사치스러운 영화의 여주인공이에요."

"호호호호! 사치스러운 영화요? 놀리는 거죠?"

"당신만은 사치를 해도 된다는, 아니 해야 한다는 생각이 들어요. 갑자기 당신의 내력이 궁금해지는데요. 당신은 FBI가 아니에요. FBI일 수 없는 사람이에요."

이것은 인철의 진심이었다. 지금 아이린이 보이는 자태는 그저 돈이 있다고만 되는 게 아니었다. 아주 어려서부터 일상 속에서 자연히 형성된 습관이자 본능처럼 보였다. 이런 사람이 FBI에서 일한다는 게 도저히 믿어지지 않았다.

"FBI에 들어오는 여성들의 내력은 다 비슷해요. 대학에서 공부 잘하고 자원봉사 열심히 하는 평범한 타입과, 운동 열심히 하고 남의 일에 관심 갖기를 좋아하는 또 하나의 평범한 타입이에요."

"그런데 당신은 그 둘 중 어디에도 속하지 않는데요."

"호호, 날라리지만 운이 좋은 아이들도 드물게 있어요. 나처럼. 이 식당은 제가 오자고 했으니 제가 낼게요. 그리고 메뉴 추천도 제가 하고 싶어요."

"네, 그래주면 고맙죠."

사람이란 의심하기 시작하면 한이 없는 법인지 인철에게는 웅장한 분위기의 인테리어와 프레스코 벽화로 장식된 이 베니니라는 이태리 식당도 보통 사람이 올 수 없는 곳으로 여겨졌고, 달팽이와 푸아그라 같은 고급 메뉴를 아주 익숙하게 시키는 아이린의 세련된 모습도 보통의 샐러리맨으로서는 흉내 낼 수 없는 걸로 생각됐다.

"원하는 와인 있으셔요?"

인철은 고개를 가로저으며 아이린의 동작 하나하나와 웨이터에게 상냥하기 짝이 없는 미소를 지으며 와인을 고르는 세련미까지 세심히 지켜보았다. 식사 내내 가벼운 이야기로 즐거운 시간을 보내고 난 후 디저트가 나오면서부터 본론을 꺼내는 솜씨까지 아이린은 관찰할수록 정제된 매너를 본능처럼 갖고 있었다. 물론 누구든 그럴 수 있지만 보통 사람들이 신경을 기울여 교육받고 연습한 것이라면 아이린은 그걸 아예 가지고 태어난 듯했다.

"망할 놈의 트럼프!"

아이린은 진한 커피를 주문해서 한 모금 마시고 나자 이제까지의 화사한 얼굴을 일순 홱 바꾸고 불쾌한 표정으로 대통령의 이름을 뱉어냈다.

"왜요?"

"지난 선거 때 트럼프 측근이 러시아 정보기관원을 만난 사실이 확인되었고, 러시아 놈들이 민주당 서버와 힐러리 클린턴의 이메일을 해킹했던 사실도 완전히 확인되었어요. 그런데도 트럼프에 관한 모든 FBI 수사가 통째로 중단되어버렸으니 미국이 왜 이런 꼴이 됐나 한심해요."

"그래도 특검이 성과를 많이 냈던데요."

"FBI의 폭넓은 수사가 뒷받침되지 않는 한 특검은 트럼프와 러시아 간의 내통을 속속들이 밝히기는 어려워요."

트럼프의 러시아 스캔들을 수사 중인 로버트 뮬러 특검은 이미 트럼프 캠프의 선거대책본부장을 조사해 가택연금했고, 여러 주요 캠프 간부들 및 플린 전 안보보좌관과 코미 전 FBI 국장도 조사 중이지만 트럼프는 자신의 변호인을 통해 '같이 일했던 사람들이 우리 모두에게 불리한 얘기를 하지는 않을 것으로 생각한다.'며 끊임없이 신호를 보내고 있었다.

"그런데 이상한 건 트럼프는 왜 적국이라면 적국이랄 수도 있는 러시아를 위해 뛰는 거죠? 지난번 인철 씨가 얘기하셨듯, 트럼프의 정책은 어찌 되었건 결국 러시아가 큰 혜택을 보는 쪽으로만 가잖아요."

"제가 생각을 좀 해보았는데 두 개의 시각으로 볼 수 있을 것 같아요."

"두 개의 시각? 당신은 이미 준비되어 있네요. 역시 인철 씨 당신은 비상한 두뇌를 가진 것 같아요. 당신은 사람으로 하여금 넋 놓고 귀를 열게 하는 특별한 힘을 갖고 있어요."

"듣고 보면 아무것도 아녜요. 일단 트럼프가 러시아 측에 약점을 잡혀 있고, 그 약점을 시발점으로 동행하는 관계가 성립되었을 가능성이 있어요. 금융범죄에서 그런 경우가 많아요."

"지난 한 주 저도 그 약점을 끈질기게 조사했어요."

"성과가 있었어요?"

"두 개의 약점이 떠올라 있어요. 하나는 트럼프가 러시아와 사업상 거래를 할 때 그쪽과 짜고 계획적으로 엄청난 금액의 탈세를 했는데 러시아가 그 증거를 가지고 트럼프를 협박한다는 거죠. 또 하나는 트럼프가 모스크바에서 여자 다섯명을 방으로 불러 온갖 추잡한 짓을 다 한 섹스 테이프를 러시아가 가지고 있다는 건데, 둘 다 소문만 있을 뿐 그 실체를 확인할 수는 없었어요."

"그렇겠죠. 러시아가 내놓지 않는 한 일주일간의 조사로 알 수 있는 일은 아니겠죠."

"러시아 측에서 여자 다섯을 보내겠다는 제의를 한 건 확인이 되었어요."

"그렇다면 가능성이 있지 않을까요? 트럼프의 각종 성추문으로 미루어볼 때?"

"같이 모스크바에 있던 트럼프의 측근은 자신이 그 제의를 거부했다고 하는데 믿기는 어려워요."

"정식 수사를 해도 진실을 캐내기는 쉽지 않겠어요."

"자칫하면 저 빌어먹을 트럼프 임기 내내 러시아가 미국 대통령을 차지한 거나 다름없겠어요."

"지난번 만난 부국장의 얼굴에서는 굴욕은 말할 것도 없고 비애조차 느껴지더군요."

"우리 팀도 마찬가지예요. 하지만 언젠가 FBI는 돌아와요. 그런데 약점 말고 또 하나의 시각은 어떤 거죠?"

"트럼프의 의도된 계획이에요. 트럼프가 아무도 생각하지 못하는 이유를 가지고 러시아에 우호적으로 다가가는 거죠."

"그 결과 러시아가 민주당 해킹도 해주고 이브라힘의 돈이 선거 캠프로 넘어가고 했다는 거예요?"

"닭이 먼저인지 달걀이 먼저인지는 모르지만 아무튼 트럼프가 약점이 잡혀 친러 내각을 만들고 러시아를 위해 떨 수도 있겠고, 또 하나는 그와 반대로 트럼프가 어떤 확실한 목적을 가지고 러시아에 접근했을 수 있다는 거죠."

"호호, 정말 듣고 보니 아무것도 아니네요. 결국 하나 마나 한 말이에요. 잔뜩 칭찬해드렸는데 이거 너무하신 거 아니에요?"

"제가 볼 때 트럼프는 지극히 솔직하지 않은 사람이에요. 그런 사람이 막강한 영향력을 가진 미국 대통령 자리에 앉으면 일거수일투족이 알아차릴 수 없는 것투성이가 되는 법이죠. 게다가 그는 언론을 겁내지도 않고 그 무엇에도 아랑곳

하지 않아요. 매우 자유롭게 자기가 원하는 대로 틀을 짤 수도 있어요. 사실 그렇게 보면 러시아가 그의 약점들을 쥐고 있다 하더라도 트럼프가 거기 붙들려 꼼짝 못 할 사람은 아니에요."

"도대체 그는 러시아와 무얼 하려는 걸까요?"

"현재로서는 떠오르는 게 없지만 러시아 스캔들은 좀 더 지켜볼 일입니다."

"그가 러시아와 배신의 춤을 춘다면 자기 돈이나 더 불리겠다는 탐욕 외에는 아무 가치도 없는 것일 거예요. 그러니 FBI 수사를 중단시키죠. 그런다고 수사를 중단하는 국장 놈도 개떡 같은 놈이지만요."

인철은 아이린의 지금 이 욕설과 아까 식사할 때의 본능적 품위 사이에는 메울 수 없는 간극이 있다 생각하며 의심증이 도졌다. 그러고 보니 아이린의 날렵하면서도 단단한 근육질 몸매도 일반인이 헬스장을 다니며 만들 수 있는 것과는 분명 차이가 나 보였다.

또한 서양 사람들 중에도 정말 보기 드문 투명한 하늘색 눈동자와 도자기 같은 하얀 피부, 그리고 나이답지 않게 지나치게 세련되고 절제된 매너, 뉴욕식 영어이면서도 뭔가 딱딱한 악센트가 짙게 밴 말투는 그녀를 평범한 미국인으로 받아들이기를 주저하게 만들었다.

인철은 혹 자신이 아이린에게 어떤 환상을 갖고 있는 게 아닌지 돌이켜보았다. 어쩌면 자신이 이 여성을 선망하고 있을 수 있다는 생각이 들자 얼른 이지를 떠올리며 이제까지의 생각을 일시에 다 지워버렸다.

"참, 그런데 소치에는 가실 거예요?"

인철은 잘됐다 싶어 딱 잘라 대답했다.

"좀 생각해봤는데 역부족이에요. 엄밀히 얘기하면 흥미롭긴 한데 모티브가 부족해요. 세계은행에서는 그 자금이 IS라든지 지극히 위험한 자금일 가능성이 있어 제게 조사하도록 허용했는데 러시아 자금임이 분명시되는 지금, 저는 거기 갈 동력을 찾기 어려워요. 또 간다고 하더라도 말도 안 통하고 아는 사람 하나 없는 그곳에서 봉변이나 당하기 일쑤지 목적을 이룰 수도 없을 것 같아요. 지난번엔 같이 가자 했는데 우리 둘 다 술김이었으니 그런 생각일랑 접어요."

"저는 FBI 요원이라 갈 수도 없어요. 하지만 인철 씨가 거기 가면 성과가 있을 거란 건 알아요."

"어떻게 알죠?"

"직감이에요."

"하하, 직감이요?"

"러시아 철도는 매우 역사가 깊어요. 단순한 철도사업자가 아니라 늘 권력의 핵심과 연결되어왔어요. 러시아 혁명 때는 미국 자본가의 조달 창구였고요."

아이린의 말은 너무도 낯설었다.

25.
실종

"네? 미국 자본가가 자본을 타도하자는 공산주의 혁명에 돈을 대요? 그게 말이 되나요?"

"러시아 혁명 때만이 아녜요. 그런 일은 비일비재해요. 사람들이 몰라서 그렇지, 신념이다 이데올로기다 해도 뒤에서 모든 걸 조종하는 건 결국 돈이에요."

"도대체 누구죠? 러시아 혁명을 도운 미국의 자본가란?"

"로스차일드가 당시로서는 천문학적 액수인 2천만 달러를 댔어요. 볼셰비키 혁명에."

인철은 세계은행에 있으면서 배후에서 세상을 움직인다는 로스차일드라는 이름은 익히 듣고 있었지만 자본의 화신인 그가 자본을 악으로 규정한 1917년 혁명을 도왔다는 사실은 자신의 상식으로는 도저히 받아들일 수 없는 얘기라 다소 격하게 물었다.

"도대체 왜 그런 일을 한 거죠, 로스차일드는?"

"그는 러시아의 그리스 정교를 몹시 싫어했어요. 그러던 중 러시아 혁명이 일어나자 그리스 정교를 없앨 절호의 기회라고 판단했던 거죠. 그래서 혁명세력과 밀약을 맺고 돈을 댄 거예요."

참으로 믿기 어려운 얘기였다.

"또 있나요? 혁명을 도운 미국의 자본가가?"

"록펠러요."

이 이름이야말로 경악스러웠다. 로스차일드는 기반이 유럽이지만 록펠러는 순미국산 재벌이었다. 아이린의 입에서 나오는 얘기들은 하나같이 세상에 대한 인식 기반을 송두리째 뒤흔들어놓는 것이었다.

"록펠러는 왜요?"

"호호, 러시아는 기름이 많잖아요."

"기름? 그럼 록펠러가 러시아의 석유를 이용해 돈을 벌려고 혁명을 도왔다는 얘긴가요?"

"바로 그래요. 볼셰비키 혁명 후에 러시아 석유를 통째로 유럽에 내다 팔아 천문학적인 돈을 번 게 록펠러의 스탠더드

오일이니 서로 주고받고 한 거죠. 큰돈은 사람들이 생각도 못 한 곳에서 벌려요. 심지어는 큰돈을 벌기 위해 사람들이 상상도 할 수 없는 일들을 벌이기도 해요."

"예를 들면요?"

"전쟁이죠."

"전쟁이요? 돈을 벌기 위해 전쟁을 벌인다고요?"

"네, 심지어는 대통령도 죽여요. 케네디 암살이 바로 그것 아니었나요?"

"케네디 암살이야 워낙 설이 많다 보니 오히려 사람들이 뭐가 뭔지 몰라요."

"그렇게 설이 많을 때는 한 가지 시각으로 단순화해서 볼 필요가 있어요. 케네디 암살 전과 후, 뭐가 달라졌나."

잠시 생각하던 인철이 답했다.

"월남전?"

"맞아요. 케네디는 월남전을 극구 반대했고 그가 죽자마자 월남전이 시작됐어요. 그러면 월남전으로 득을 본 사람들이 배후에 있는 거죠."

"어떤 사람들이죠?"

"군수산업 부호들이죠. 그리고 이들을 대변하는 정치인들, 이들의 영향력 아래 있는 수사기관들. 케네디만 억울하죠."

"전쟁으로 돈을 번다니…… 도저히 믿기지 않는군요."

"로스차일드 가문도 사실 전쟁으로 일어난 거예요. 그 집은 나폴레옹의 워털루 전쟁 덕을 크게 봤어요."

"어떻게요?"

인철은 이런 부분에 관한 아이린의 풍부한 지식에 놀라고 있었다. 그녀는 세상 모든 부호들의 이력을 조사하는 데 이골이 났는지 로스차일드 가문을 '그 집'이라 칭했다.

"그 집은 정보망을 가동해 영국이 워털루 전쟁에서 이기자마자 바로 알았어요. 전서구도 몇 마리 띄웠다 그래요. 그러고는 교활하게도 가지고 있는 영국 채권을 투매했어요. 마치 영국이 전쟁에 진 것처럼 말이에요. 그러자 영국 국채를 가진 사람들이 그를 따라 전부 투매해버렸어요. 그걸 종잇값 쳐주고 긁어모아서는 2억 3천만 파운드를 번 거예요. 지금 돈으로는 2천억 달러쯤 돼요."

"음."

과거 같으면 한마디 내뱉었을 법했지만 인철은 비난이나 욕설 대신 외마디 신음을 내고 말았다.

"FBI에서는 그런 것도 조사하나요?"

"뭐 꼭 FBI 업무만은 아니에요."

"그런데 러시아 혁명에 들어간 돈이 철도를 통했나요?"

"당시의 철도는 바로 돈이에요. 지금도 러시아에서는 마찬가지죠. 그런 측면에서는 돈을 가진 사람도 부호지만 돈을 다루는 사람도 부호예요. 미국 자본가가 러시아 혁명세력과 접촉하려 할 때 아무래도 얘기가 되는 건 돈을 가졌거나 다루는 사람이었겠죠."

"그러면 아이린은 러시아 철도공사 사장 주코프가 돈 주인일 가능성이 있다고 보는 거군요."

"그건 인철 씨 추측이었잖아요. 가즈프롬의 샤토프와 러시아 철도의 주코프가 유력한 돈 주인 후보라고 그랬어요."

"네, 요한슨의 거래 기록으로 보면 그 두 사람이 떠오르죠."

"둘 중 샤토프는 대규모 부정이 드러나 해임되고 체포되었으니 남는 사람이 주코프예요. 제가 FBI만 아니라면 거기 갈 텐데요. 어떤 사람들이 모이는지, 외국에서는 누가 오는지, 또 어떤 사람들이 스폰서를 하는지, 한마디로 정보의 보고잖아요."

"그런데 아이린은 보통 사람으로서는 도저히 알 수 없는 이런 희귀한 정보들을 어디서 얻었어요?"

"호호, 그냥 취미예요."

"오늘 얘기는 너무 놀라웠지만 일면으로는 큰 도움이 되었어요."

"소치에는 갈 거예요?"

"아이린 얘기를 듣고 보니 가고 싶기는 하지만 가서 할 수 있는 일이 떠오르지 않아요. 무엇보다 한 번도 가본 적 없고 기댈 데도 없으니 선뜻 결심하기가 어려워요."

"주코프는 안 가진 게 없는 사람인 데다 중국과 대립각을 세우고 있는 사람이에요. 가보면 지금 한국이 겪고 있는 핵 문제 판단에도 도움이 될지 몰라요."

"주코프가 한국과 연결이 돼요? 어떻게요?"

"그 사람이 나진-하산 개발의 러시아 측 주인공이에요. 하여튼 나라면 소치에 가볼 것 같아요. 주코프는 정말 보통 사람이 아니거든요."

아이린의 말을 다 믿자면 얼마든지 믿을 수도 있었지만 인철은 진작부터 아이린이 지난 두 번 만났을 때와는 사뭇 다르다는 느낌을 갖고 있었던 터라 그녀의 말도, 그녀라는 사람도 어딘지 모르게 낯설게 느껴졌다. 인철은 다시 한 번 자신이 아이린을 선망한 결과 그녀를 신비하게 받아들이고 있는 건 아닌지 생각하며 커피를 한 입 가득 머금고는 몸을 약간 뒤로 젖혀 거리를 두고 아이린을 바라보았다.

"이 집 커피 맛 괜찮죠?"

그녀가 한 손으로 커피 잔을 들어 올리는 순간 흰 티셔츠가 한쪽으로 미끄러지며 오른쪽 쇄골 바로 아래에 짙은 사파이어 색의 문신이 드러나는 것을 인철은 놓치지 않았다. 언뜻 보기에는 왕관 문양인가 싶었지만 클로버 모양이었다. 그것도 네 잎이 아니라 세 잎 클로버. 거의 눈에 띄지 않을 정도로 작은 문신이었지만 그것은 아이린의 고상한 이미지와는 어울리지 않는다는 느낌이 들었다.

"보통 사람들은 네 잎 클로버를 더 선호할 텐데 세 잎 클로버네요."

인철이 쇄골 쪽을 눈짓으로 가리키며 짚어내자 아이린은 의자 팔걸이에 걸쳐두었던 재킷을 집어 들어 문신을 가리며 말했다.

"아, 이거요. 제 어머니가 선택하신 거예요. 제가 아기였을 때…… 그러니 저는 선택의 여지가 없었다고 해야겠지요. 이게 지워버릴 수도 없고…… 호호, 저도 어머니께 이왕이면 행운의 네 잎 클로버를 해주실 것이지 웬 세 잎 클로버인가 따지기도 했어요. 그런데 눈도 참 밝으시네요. 이 작은 문신을 캐치하다니요. 대한민국 장교 짱입니다."

아이린은 눈을 찡긋하며 엄지손가락을 들어올렸다.

"아이린은 독일계인가요? 완벽한 뉴욕식 영어인데 어딘지 독일 악센트가 있는 것 같기도 해요."

아이린은 다소 놀라는 표정을 지었다.

"참, 인철 씨 독일어 잘하시죠?"

"약간이요."

"맞아요. 부모님은 두 분 모두 독일계이셔요. 특히 엄마가 완전 독일인이세요. 얼마나 철저한지 저도 어릴 적에 영어보다 독일어를 먼저 배워야만 했다니까요. 그것도 뉴욕에서. 아직도 우리 식구끼리는 영어 사용 금지예요."

두 사람은 잠시 서로를 응시했다. 역시 아이린에게는 어딘지 모르게 신비로운 분위기가 있었다. 다만 FBI라는 선입견이 그녀에 대한 상상이 무한 확장되는 걸 막고 있을 뿐이었다.

"아이린, 오늘 재미있었어요."

"우리 데이트한 거 맞죠?"

"그런 것 같기도 하고……."

식당 밖으로 나온 인철은 아이린과 작별 인사를 한 후에도 한동안 아이린의 뒷모습을 멍하니 바라보았다.

새벽녘 어둠 속에서 침대가 흔들릴 정도로 거센 휴대폰 진동 소리에 인철은 왠지 모를 불길한 예감을 느끼며 눈을 떴다.

"김인철 씨 맞습니까?"

전화기 너머로 차가우면서도 권위적인 남자의 목소리가 전해졌다.

"누구시죠?"

"어제 저녁 아이린 B.와 함께 있었지요?"

"그렇긴 하지만, 무슨 일 있어요?"

한순간에 정신이 번쩍 든 인철은 휴대폰을 끌어 잡으며 되물었다.

"경찰서로 나와주셔야겠습니다."

전화는 경찰서로부터 걸려온 것이었다. 불길한 생각을 애써 떨쳐버리려 노력하면서 인철은 옷을 입는 둥 마는 둥 정신없이 경찰서로 달려갔다.

"김인철 씨, 집에는 혼자 있었나요?"

"네. 혼자 살아요."

"직업은요?"

"변호사, 세계은행의 변호사예요."

인철이 세계은행 변호사라는 신분을 밝히자 담당 형사는 표정을 풀고 상황 설명을 시작했다.

"어젯밤 아이린 씨가 여러 명의 괴한에게 납치되었다는 목격자 신고가 들어왔습니다. 순찰 경관들이 급히 현장에 출동

했지만 아무것도 발견하지 못했어요. 주변의 CCTV를 확인했으나 잡힌 장면은 없었고, 오늘 새벽 현장 주변을 수색하던 중 이 휴대폰을 발견했습니다."

"몸싸움이 있었나요?"

"그건 모릅니다. 휴대폰을 보니 두 분이 함께 있었던 걸로 판단돼 오시라고 한 겁니다. 그런데 이 여성분은 뭐하시는 분이죠?"

"왜요?"

"휴대폰에 어마어마한 사람들의 전화번호를 잔뜩 가지고 있어서요."

"수사기관에 있는 분이니 의심할 건 없어요."

당직 형사는 아이린과 헤어진 정확한 시각, 함께 있을 때 특이한 점이 있었는지, 헤어진 후 아이린의 행적에 대해 들은 것이 있는지 등을 꼬치꼬치 캐물었다. 어제 저녁뿐 아니라 그랜드 케이맨에서의 일들까지 되짚어보던 인철은 내심으로는 아이린의 납치가 러시아 세력들과 관련되었을 가능성이 있다고 생각했다. 하지만 다음 순간 인철은 고개를 갸웃했다.

"뭐 생각나는 거라도 있어요?"

인철은 형사의 재촉에도 대답하지 않고 생각을 이어나갔

다. 만약 돈 주인으로 의심되는 러시아 세력이 아이린을 납치했다면 자신도 납치 대상이 되었어야 했다. 이브라힘은 이미 비엔나에서 인철을 공격했고, 경고까지 한 바 있지 않은가. 의혹은 꼬리에 꼬리를 물었다.

혹은 거리의 부랑자들이거나 평소 아이린의 미모를 동경하던 자의 소행일 수도 있었다. 아무리 FBI 요원이라 해도 아이린은 결국 여자였다. 그것도 어떤 남자라도 빠져들 수밖에 없는 미인이었다. 워싱턴의 밤거리에는 설사 내일 사형을 당하는 한이 있더라도 아이린 같은 여자를 한 번 안을 수만 있다면 무슨 짓이든 할 사람이 헤아릴 수 없이 많았다.

아이린의 미소를 담은 하늘색 눈동자가 눈앞에 어른거리자 인철은 지금 이 순간에도 그녀가 무슨 험한 꼴을 당하고 있는 것은 아닌지, 심지어는 이미 목숨을 잃은 것은 아닌지 이루 말할 수 없는 걱정에 마음이 한없이 졸아들었다. 불길한 상상이 지뢰 폭발 사고로 자신의 부하들이 갈가리 찢겨나가던 끔찍했던 광경으로 이어지자 인철은 경찰서를 그냥 나오고 말았다.

26.
만물이론

.

문재인 대통령은 취임 직후부터 어디로 튈지 모르는 트럼프 대통령과의 인간적 소통에 최고의 비중을 두었고, 동시에 비뚤어질 대로 비뚤어진 중국과의 관계를 바로잡는 데도 진력했다. 집권하자마자 반미 성향의 정권이라는 우려를 불식시키기 위해 최고의 미국통 홍석현에게 특사를 부탁해 미국을 안심시켰고, 미국 방문을 앞두고는 트럼프가 다니는 교회의 목사를 청와대로 초청하는 등 최선을 다했다.

또한 베를린에서 시진핑을 만났을 때는 특유의 신뢰감을 있는 그대로 보여줘 관계 정상화 약속을 이끌어낸 바 있었다. 그 후 사드 문제를 봉합했고, 트럼프 대통령의 방한 또한 매우 성공적으로 마쳤으며, 그 직후 중국을 방문해 시진핑

주석과도 깊은 우애를 과시했으니 목표한 성과는 다 거두어 낸 셈이었다.

그럼에도 불구하고 미중 양국과의 관계 모두에서 불안감은 전혀 가시지 않았다. 중국은 완전 봉합된 줄 알았던 사드 문제를 집요하게 들이밀며 당장 1단계 조치를 취하라 압박해왔고, 미국은 정반대로 중국에 사드 추가 배치 안 하고, MD망에 안 들어가고, 한미일 삼각 군사동맹에 안 들어간다는 '3불不'의 약속을 해준 데 대해 상당한 배신감을 토로해오고 있었다.

문재인 대통령은 그간 뭔가를 많이 한 것 같지만 사실은 아무것도 한 게 없다는 걸 깨달았다. 중국과 가까워지면 미국과 멀어지고, 반대로 미국과 가까워지면 중국과 멀어질 수밖에 없는 이율배반적 구도 위에 한국이 얹혀 있다 생각하니 자꾸 외교에 자신감이 없어지는 것이었다.

뭔가를 해서 성취감이 생기면 그 성과만큼의 상실감이 반드시 찾아오니 아무것도 안 하는 것과 전혀 다름이 없었다.

오늘도 중국은 사드 조치를 보아가며 완전한 보복 철회를 고려하겠다며 계속 스트레스를 주었고, 미국은 미국대로 언제 북한을 상대로 군사행동에 나설지 짐작조차 할 수 없었다. 참모들은 대부분 미국의 패권주의를 탐탁지 않게 보고 있었지만 북핵을 해결해야 하는 현실적 목표를 감안하면 미국과 호흡을 맞추지 않을 수는 없는 일이라 집권 초처럼 참모회의가 활기차지는 않았다.

　오후가 되자 대통령은 연길에 있는 절친 박종환에게 전화를 걸었다. 박종환은 대통령과는 떼려야 뗄 수 없는 50년 지기이지만 이인자니 실세니 하며 찾아오는 사람들이 생기자 대통령에게 부담을 주지 않으려고 연길로 외유를 떠난 사람이었다. 특히 대통령은 중국과의 사드 문제에서 이 절친에게 큰 신세를 지고 있었다.

　대통령 선거운동 중이라 눈코 뜰 새 없는 스케줄을 소화하고 있을 때 문재인의 당선을 확신한 중국은 베이징에서 밀사를 보내 주한 중국대사 추궈훙과 함께 문재인을 대리할 수 있는 인사와의 면담을 요청했다. 물론 사드 배치 철회의 신념을 가진 문재인으로부터 확답을 받기 위한 의도였는데 이때 중국 측 특사를 만난 사람이 바로 박종환이었다.

　그는 이 자리에서 중국의 기대와 정반대로, 비록 문재인이 대통령이 된다고 하더라도 이미 배치된 사드를 철수시킬 수는 없다고 못을 박아버렸다. 당시 문재인 진영의 모든 참모가 사드 철회를 부르짖고 있었음에 비추어보면 예상 밖의 답변이었지만, 처음부터 중국의 기대를 확 꺾어 새 대통령의 부담을 덜어줄 수 있었다.

"종환아, 추운데 거기서 고생이 많지?"

"문통이 잘하고 있으니 그 흐뭇함으로 사네."

"지난번 우리 안보실의 남 차장이 중국 측과 완전한 관계 복원을 이루고 와 사드 문제는 끝났다 생각했는데 중국인들 뒤끝이 안 좋네."

"그들은 그게 시작이라 생각할 거야."

"글쎄 말이야. 다 됐다고 발표까지 해놓고선 또 저렇게 스멀스멀 기어 나오니 더 신경 쓰이고 피곤하네."

"여기 나와서 보니까 오히려 자네가 감옥에 갇힌 것 같아 안돼 보여. 다 잊고 바람 좀 쐐. 옛날처럼 오일환이네 구레스 시에 가서 대취해보게. 확 다 날려버리면 갑자기 새로운 좋은 생각이 떠오를 수도 있잖아."

"정말 맘껏 술 마셔본 지도 오래됐네."

"흐흐, 우리 국민들은 자네 그 착한 얼굴에 속아 말술인 줄은 상상도 못 할걸."

문재인은 웃었다. 역시 친구와 술은 묵을수록 좋다 했던가.

"하여간 어려움은 있지만 차츰 중국 대륙에 한류도 다시 흐를 테고, 옛날처럼 이 나라에 유커도 다시 찾아올 거네. 어쨌든 그때 자네가 중국 측에 어떠한 기대도 안 준 덕에 그나마 빨리 일이 풀렸어."

"흐흐, 시진핑도 자네의 그 순수해 보이는 얼굴에 넘어간 거야."

"이제 청와대도 정부도 다 제자리를 잡았으니 그만 들어오게. 그 추운 곳에 자네를 보내놓고 마음대로 들어오지도 못하게 하다니 내가 죄인일세."

"그 문제는 알아서 할게."

"여하튼 기쁨을 같이 나누고자 전화했네. 고마워."

"로션 잘 바르게. 그 착하게 생긴 얼굴이 문통 자네의 복이야."

"또 연락하세."

문재인은 전화를 끊으려다 정말 하고 싶었던 말이 생각난 듯 다시 전화기를 귀에 갖다 댔다.

"전화한 김에 쓴소리 좀 들어보세."

"거기 샤프한 참모들이 많은데 참모들에게 들어야지."

"아니, 대통령이란 자리가 쓴소리 한 번 듣기가 그리 쉽지 않아. 그래서 부탁인데 나쁜 쪽으로만 얘기 좀 해줘."

"나쁜 쪽으로만? 그러니 당근이 아닌 채찍을 달라는 거군. 흐흐, 이제 성군 흉내도 잘 내는데."

"중국이 자꾸 약속을 이행하라는데 크게 세 가지야. 하나는 사드 재배치하지 말라는 걸로 그건 어렵지 않아. 많은 국민들이 반대하고 더 이상 부지도 마땅치 않아서 당장은 미국도 이해하거든."

"그래."

"또 하나는 미국의 MD 체계로 들어가지 말라는 건데 어차피 그건 우리가 해선 안 돼. 우리가 아무리 북한에 먹을 잡혀 있다손 치더라도 MD는 러시아나 중국을 염두에 둔 미국의 방어 체계인데 우리가 거기 들어간다는 건 유사시 미중, 미러 전쟁에 우리가 말려들어간다는 뜻이야. 앞으로 세계 정세가 어떻게 바뀔지 모르는데 우리가 중국과 러시아의 타깃이 될 수도 있는 그런 위험한 짓을 할 수는 없어."

"옳은 판단이야."

"마지막 하나는 한미일 군사 협력을 심화시켜 삼각 군사동맹으로 가지 말라는 건데, 우리가 일본과 군사 협력을 그리 심화시킬 만한 부분도 없어."

"그렇긴 하지."

"종환아, 그렇게 잘했다고만 하지 말고 완전 반대쪽에서 얘기해줘. 참모들이 반대편에서 얘길 안 해주니까 너한테 묻는 거잖아."

"비판은 언론에서 구해야지."

"언론은 언론이고 너를 통해 들어야 더 신뢰감이 생길 것 같아. 언론은 칭찬이든 비판이든 다 자기네 시각이 들어가 있으니까 믿음이 안 가. 조중동은 저쪽 일색이고 한경오는 이쪽 일색이야. 너는 옳으면 옳다, 틀리면 틀렸다 거르지 않고 내뱉으니까 말이야. 아주 혹독하게 말해줘."

"그럼 몇 가지 얘기할게."

"그래."

"자네는 고통 받는 국민들을 누구보다 안타깝게 생각하니 신속한 타개가 무엇보다도 중요했을 테고 또 그게 맞기도 하지만, 그 세 가지 조건을 중국에 내준 건 안타까워. 중국과 약속한 사드, MD, 한미일 군사동맹의 3개 항은 모두 미국과 멀어지는 내용들이잖아. 미국 입장에서는 당장 겉으로는 잘했다고 하겠지만 속으로는 부글부글 끓겠지. 일전에 백악관 안보보좌관 맥마스터는 한국이 주권을 포기하지는 않을 거라고 논평하더군."

"주권 포기가 아니야. 우리가 스스로 판단했을 때 그 길로 갈 이유가 없어서 안 하는 거지."

"하지만 미국은 그렇게 생각하지 않아. 그 세 가지는 모두 미국이 간절히 원하는 거니."

"할 수 없는 부분이야. 한 가지 결정으로 미국과 중국 모두를 만족시킬 수는 없어. 하지만 자네 얘기를 듣고 보니 이번에는 미국을 만족시킬 만한 걸 하나 해야겠다는 생각이 들어."

"그럴 수밖에 없겠지. 그런데 그렇게 이쪽저쪽 역성을 들어주다 보면 나중에는 주머니가 동나버리지 않겠어?"

"어쩔 수 없잖나? 안보는 미국이고 경제는 중국이니 둘 사이에서 균형을 잡아가는 수밖에 달리 무슨 수가 있겠나?"

"그래서 말인데…… Theory of everything을 찾게."

"지금 무슨 말을 한 거야? 잘 못 알아들었어."

"물리학 용어야. 허허, 요즘 시간이 나서 물리학 공부를 열심히 하고 있네."

"그런데 Theory of everything이라 그랬나? 무슨 뜻이야?"

"자네 아인슈타인의 쓸쓸했던 말년을 아나?"

"아인슈타인이 말년을 쓸쓸하게 보냈다고? 들어본 적이 없는데."

"그는 중력의 대가야. 그가 내놓은 일반상대성이론은 우주의 질서에 딱딱 들어맞아. 지구는 왜 태양 주위를 도는지, 속도가 빠르면 왜 시간이 천천히 흐르는지를 완벽하게 설명한 단 말이야. 그래서 그는 과학자이면서도 신의 존재를 확신했어. 신의 창조가 아니고서는 이렇게 질서 잡힌 우주가 태어났을 수 없다고 믿었던 거야."

"$E=mc^2$이 떠오르는군. 이 공식이 결국 핵무기를 탄생시킨 거잖아."

"하지만 그는 중력의 세계 반대편에 있는 거대한 미립자 세계의 진리를 절대 받아들이려 하지 않았어."

"양자역학 말인가?"

"그래. 확고부동한 질서 속에서 신의 섭리를 깨달았던 그로서는 세상의 바탕이 무질서이고 정해진 건 하나도 없다는 양자역학의 선구자 닐스 보어를 무척 미워한 거야."

"물과 기름처럼 섞일 수 없는 운명이었나 보군."

"그래. 양자역학에서는 아무것도 정해진 게 없어. 미립자들은 수많은 가능성을 갖고 존재하다 관찰되는 순간 결정되어버리지. 그래서 하이젠베르크는 불확정성의 원리를 내놓으며 미시 세계에서는 모든 게 확률로만 존재한다고 주장한 거야. 이런 미시학자들을 아인슈타인은 결코 인정하지 못했고, 결국 양자역학이 옳았음이 입증되자 모든 과학자들이 아인슈타인에게 등을 돌렸어."

"그건 그렇고 갑자기 아인슈타인 얘기는 왜 해?"

"중국은 중력이고 미국은 양자역학이야. 두 나라는 섞일수 없고, 따라서 우리로서도 그 둘을 동시에 만족시킬 수는없어. 사드도 보게. 미국이 원하는 대로 해주니 중국이 반발하고, 또다시 중국이 원하는 대로 약속해주니 그게 고스란히미국의 불만이 되지 않나. 그렇기 때문에 지금처럼 중국을만족시켰다가 다음에는 미국이 좋아하는 걸 내놓는 식으로는 필연적으로 거짓말쟁이가 되고, 결국 두 나라 모두 우리에게 등을 돌리게 되어 있어."

"그래서 아예 한 방향만 보고 가자는 젊은 참모들이 많아."

"그건 중국이겠지?"

"그래."

"자네가 겪는 애로가 그대로 느껴지네. 남북 화해와 통일이라는 역사적 과업을 이루겠다는 이상에 불타는 젊은 참모들과, 그와 정반대로 움직이는 미국 주도의 국제 현실 사이에서 이러지도 못하고 저러지도 못하는."

"예전 트럼프 방한 때 청와대 앞에 환영 시위대와 반대 시위대가 동시에 진을 치는 걸 보고 어쩌면 우리 국민을 만족시키기가 더 어렵겠다는 생각이 들었어."

"방법을 찾아야 해. 중력과 양자역학을 동시에 만족시키는통합이론을 말이야."

문재인은 이 낯선 단어를 가만히 발음해보았다.

"Theory of everything이라……. 미국도 만족시키고, 중국도 만족시키고, 친미 국민들도 만족시키고, 친중 국민들도 만족시키는 이론. 음, 거기에 하나 더 있어. 북한도 만족시켜야지."

27.
최고의 데이트

전화를 끊고 난 후 박종환의 말을 되뇌며 깊은 생각에 빠져 있던 문재인 대통령에게 한 사람의 얼굴이 떠올랐다. 한국의 여러 문제에 대해 깊이 고민하고 특히 대안을 제시하려는 모습이 인상적이었던 최이지 박사. 얼마 전 직접 면담도 해보았지만, 아직 젊은 나이인데도 문제에 대한 진지한 접근 방식이 매우 인상적이었고, 무엇보다 현실적 대안을 내놓아 신뢰가 갔다.

언론에 글줄 쓰는 사람이라 해서 만나보면 맹탕이기 일쑤였고 비판에는 열을 올리지만 대안은 어설프고 유치하거나 아예 대안 자체도 없는 사람들과는 달리 신선한 충격을 안겨주었던 여성. 제반 경제 문제에 관해 고견을 내놓았던 그녀의 해법은 단 한 번도 들어본 적이 없는 독창적인 것이었다.

미국 MIT에서 핵물리학을 전공한 데다 IAEA에서도 근무했다니 핵의 정치에는 더욱 깊은 지식과 경험이 있을 터였다. 지난번 사드에 대해서도 독창적 의견을 내놓았던 걸 보면 어쩌면 'Theory of everything'에 대해서도 혜안을 가지고 있을 수 있다. 여기까지 생각이 미치자 더 이상 기다릴 수 없다는 듯 대통령은 직접 그녀에게 전화를 걸었다.

"최이지 박사, 나 대통령입니다. 괜찮다면 지금 여기 집무실로 와주세요."

"알겠습니다. 그런데 무슨 자료를 준비하면 좋겠습니까?"

"아닙니다. 그냥 편안하게 차나 한잔합시다. 조용히 올라오세요."

이지는 대통령의 '조용히'라는 말이 윗선에 보고하지 말라는 뜻이라고 생각했다. 권력의 심장부에서는 불과 몇 주 만에 다시 대통령을 독대하는 것 자체도 구설에 오를 수 있기 때문이리라.

이지는 조용히 사무실을 나와 대통령의 집무실을 찾았다.

"최 박사, 한국 생활에 어려움은 없나요?"

대통령의 안부 인사에 오히려 이지는 더욱 긴장하며 허리를 곧추세웠다. IAEA에 근무하면서 세계 각국 지도자들 간의 미팅을 지켜본 경험을 통해 해결이 불가능할 정도로 어렵고 복잡한 문제가 의제로 오를수록 지도자들의 표정은 온화하고, 첫마디는 단순하고 평범하다는 것을 알고 있던 터였다.

"대통령님의 염려와 관심 덕분에 편안하기만 합니다."

대통령은 입술을 꼭 다문 채 말없이 자신의 다음 말을 기다리는 이지의 명민한 얼굴을 가만히 바라보았다. 문 대통령은 과거 노무현 대통령 시절부터 대통령 근처에 오는 것만으로도 주눅이 들어서 자기 소신을 말하기는커녕 대통령의 의중에 맞는 말을 하기 위해 눈치부터 살피는 사람들을 많이 보아왔다. 밖에서는 내로라하고 목청을 높이던 사람들 중에도 대통령을 직접 대면하는 순간 오금이 저려 입을 못 떼던 사람들도 천지였다.

청와대의 주인이 되면서 자신은 누구보다 수평적인 대통령으로 어떤 사람이라도 어려워하지 않고 소통할 수 있는 그런 대통령이 되겠다고 결심했지만 사람들은 별로 달라진 게 없는 것 같았다. 자신이 아무리 소탈하게 대해도 대한민국의 대통령이라는 자리 자체가 그간 모든 권력을 한 손에 쥔 절대권력이었던 탓인지 상대는 어려워하기 일쑤였다.

하지만 이지의 표정은 한없이 편안해 보였다. 과하지도

부족하지도 않게 지성인으로서 범접할 수 없는 자부심과 자존감이 아우라처럼 그녀를 휩싸고 있어 그것부터 마음에 들었다.

"친구가 낯선 단어를 언급했는데……."

이지는 대통령의 얼굴에 신선한 기대감이 자리 잡고 있는 걸 보았다.

"무슨 단어인지요."

"Theory of everything. 들어본 적 있어요?"

"네. 우주와 미립자의 서로 다른 운동법칙을 동시에 만족시키는 방정식인데, 아인슈타인도 호킹도 성공하지 못했습니다."

"세계 최고의 천재들이 다 실패했다면 그게 꿈이라는 얘긴가요?"

"그렇지는 않습니다. 물질의 최소 단위를 알갱이가 아닌 끈으로 보면 중력의 법칙과 양자역학을 모두 만족시킵니다. 끈이론이라고 하는데 갈래가 너무 많아졌지만 시간이 흐르면서 어떻게든 방정식을 만들 수 있지 않을까 생각하는 게 물리학계의 예상입니다. 그런데 그 친구분은 왜 대통령님께 Theory of everything 얘기를 하셨습니까?"

"최 박사가 한번 추측해봐요."

대통령이 시험하듯 묻자 이지는 잠시 생각에 잠겼다가 대답했다.

"혹시 안으로는 보수와 진보를, 밖으로는 미국과 중국을 동시에 만족시키는 해법을 찾으라는 뜻에서 그런 단어를 썼을까요?"

대통령은 자신이 왜 절친에게 전화를 걸었는지, 절친의 충고는 무엇이었는지 설명했다.

"만물이론을 찾는 데는 수학이 방법일 수 있겠습니다."

"수학적으로? 정치경제와 외교안보를 수학으로 푼다는 얘깁니까?"

"그렇습니다. 모든 요소를 다 대입해 방정식을 만든 후 그 해를 구하는 것도 하나의 방법입니다."

"그 방정식은 미국, 중국, 한국의 진보와 보수 양측, 그리고 북한까지도 만족시켜야 해요. 아니, 북한은 빼고 해야만 답이 나오나요? 다른 나라들은 모두 북한의 핵을 막으려 하고 북한은 죽자고 가지려 하니 너무도 상이한 두 조건의 수학적 통일이 가능할까요?"

"수학은 사전에 단정을 하지 않습니다. 모든 건조한 조건을 놓고 무심하게 들여다보는 겁니다. 게다가 제 생각에는 북한을 그렇게 단정적으로 볼 필요도 없을 것 같습니다. 어쩌면 그 반대일 수도 있습니다."

"무슨 뜻인가요?"

"얼마 전 TV 뉴스에서 김정은이 묘한 얘기를 하는 걸 봤습니다."

"묘한 얘기요?"

"인민을 상대로 한 교화 연설이었는데 '천 번 만 번 생각해도 핵개발하기를 잘했다'는 내용이었습니다."

"나도 본 것 같은데 수소폭탄 실험이 성공한 후 신이 나서 북한 주민들에게 자랑하는 장면 아니었나요?"

"맞습니다. 바로 그 장면입니다."

"그런데 그게 왜 묘하죠?"

"천 번 만 번 생각해도 위대하신 영도자 김일성 동지를 따르기 잘했다고 하면 어딘지 이상하지 않습니까?"

"김일성 따르는 걸 천 번 만 번 생각했다면 당장 숙청당하겠지요. 어! 듣고 보니 김정은의 그 표현은 이상하군요. 정말 이상해요!"

대통령은 무심코 대답하다 이지가 무얼 말하고자 하는지 깨닫고는 탄성을 질렀다.

"'천 번 만 번 생각해도 핵개발하기를 잘했다'는 말 안에는 매우 흔들리는 김정은의 모습이 담겨 있습니다. 겉으로는 끊임없이 핵개발을 해대지만 속으로는 회의와 불안에 시달리고 있다는 얘깁니다. 즉 북한은 만족스러운 조건이 나오면 핵을 포기할 것입니다."

문재인은 새삼 이지의 총명함을 느끼고는 강렬한 바람이 담긴 목소리로 말했다.

"반드시 그 방정식을 풀어야 합니다. 우리가 미국과 중국 사이에서 꼭두각시 춤만 추다가는 결국 우리의 이익은 다 잃고 비극을 맞이하게 될 것입니다."

"그렇습니다."

"문제는 그게 어렵지 않겠나 하는 거죠. 아니 불가능하지 않겠는가. 그걸 풀 수 있는 사람이 있겠는가 하는 거죠."

두 사람이 각자 자기 생각에 골몰하면서 대통령의 집무실은 적막에 휩싸였다.

"사람이라…… 방정식을 풀어낼 사람…… 과연 그런 사람이 있기는 한 건가……."

대통령이 혼잣말처럼 중얼거리는 동안 이지는 인철을 생각하고 있었다. 어쩌면 인철과 같이 한번 해볼 수 있지 않을까 생각하던 이지는 이내 속으로 고개를 가로저었다. 아무리 그가 난해한 문제 해결에 일가견이 있다손 치더라도 모두를 만족시키는 단 하나의 답을 찾을 수는 없을 터였다. 그러고 보면 단 하나의 방정식이 가능하다고 생각하는 그 자체가 헛된 희망일지도 몰랐다.

"최 박사, 아무리 생각해도 적당한 사람이 떠오르지 않네요. 참모들 중 샤프한 사람들이 있지만 이들은 신념이 강하다 보니 아예 다른 쪽은 거들떠보지도 않아요."

이지는 대통령의 이 말이 무엇을 의미하는지 짐작할 수 있었다. 적당한 사람이 없는데 당신이 한번 해보지 않겠나 하는 의미일 것이고, 자신을 호출했을 때부터 이미 대통령은 이런 마음을 갖고 있었을 터였다.

"Theory of everything이라는 말씀에 기계적으로 답변드리다 보니 방정식에 이르렀네요. 한번 해보기는 하겠지만 기대는 하지 않으셔야 할 것 같습니다."

"부담 없이 해요. 그리고 지원이 필요하면 뭐든 가리지 말고 내게 얘기하면 됩니다."

"그렇게 하겠습니다, 대통령님."

대통령 집무실을 나온 이지는 곧바로 미국의 인철에게 전화를 걸었다.

"대통령께서는 권력과 잘못된 믿음의 결합을 경계하는 본능을 가지신 모양이에요. 멀리 있는 친구에게 전화를 걸어

가장 부정적 입장에서 얘기를 해달라고 요청하셨어요. 그건 소크라테스의 방법론이에요. 물론 인철 씨도 저의 크리톤이, 아니 소크라테스가 되어주실 수 있죠?"

"논쟁의 상대방이 되라는 뜻이에요?"

"네, 저도 대통령님처럼 비판을 구하며 생각을 가다듬고 싶어요."

"그럼 저는 이지 씨 생각의 정반대편에서만 보아야 하는 건가요?"

"소크라테스는 늘 그랬어요."

"잘 할진 모르겠지만 해볼게요. 그런데 무슨 문제죠?"

"북핵 문제를 둘러싼 방정식을 만들고 그 답을 구하는 일이에요. 조건은 우리나라의 진보와 보수층을 동시에 만족시키고, 미국과 중국 심지어는 북한까지 만족시키는 거예요."

"일본과 러시아는요?"

"물론 그 두 나라도 종속 변수로 고려해야죠. 대체로 일본은 미국과, 러시아는 중국과 노선을 같이해왔으니 그 범주 안이지만 수학적 방법론은 그 모든 걸 고려하는 걸 의미해요. 우리 함께 그 방정식을 세우고 해를 찾아봐요."

"저는 이지 씨와 함께라면 뭐든 하고 싶어요. 하지만 이지 씨와 달리 저는 그간 북핵 문제를 언론에서 다루는 정도로만 이해하고 있었어요. 시간을 좀 주셔야 하겠는데요."

"물론이에요. 모든 걸 고려해 인자를 뽑아야 하니 저 또한 시간이 많이 필요해요."

"그럼 준비가 되었을 때 시작하기로 해요."

"네, 인철 씨. 기대돼요."

이지는 인철과 같이 일을 한다는 기대감에 기쁜 마음으로 전화를 끊었다. 사실 일을 같이 한다는 건 최고의 데이트나 다름없었다.

28.
소치에서 온 초대장

A4 절반 크기의 봉투에서 나온 내용물을 읽고 있던 인철의 눈꺼풀이 미세하게 떨렸다. 러시아어와 영어로 인철의 이름이 선명하게 새겨진 1520포럼의 초대장. 주최자는 러시아 철도공사. 포럼이 열리는 장소는 흑해 연안의 도시 소치였다.

처음 자신의 아파트 우편함에서 이 초대장이 든 우편물을 발견했을 때만 해도 인철은 잘못 배달된 우편물이거나 전에 살던 사람에게 온 편지려니 생각했다. 대부분의 우편물은 사무실로 오기 때문에 아파트 우편함에는 언젠가 이 집에 살았던 사람들에게 오는 길 잃은 우편물들뿐이었다. 그런 우편물 중 하나려니 했지만 오른쪽 아래에 적힌 수신인의 이름은 분명 자신이었다.

의아한 심정으로 편지봉투 왼쪽 윗부분의 발신인에 눈길을 옮긴 순간 인철의 심장은 얼어붙는 듯했다. 발신인은 비록 작은 글씨였지만 "아이린 B."라고 또렷하게 쓰여 있었다. 인철의 이름과 주소를 쓴 것과 똑같은 손글씨였다. 고풍스런 필체의 알파벳 한 자 한 자가 심장에 들어와 박히는 것처럼 인철의 가슴은 쿵쾅거렸고 숨이 멎는 것 같았다. 자신을 지켜보는 눈이 없는지 본능적으로 주위를 둘러보며 재킷 안 주머니에 재빨리 우편물을 찔러넣고 5층까지 걸어 올라가는 동안 시간은 정지한 듯 느리게 흘렀다.

집 안으로 들어오자마자 급한 손길로 뜯어낸 봉투에서 나온 게 바로 이 초대장과 인철의 이름으로 발권된 소치행 티켓이었고, 그 외에는 작은 메모 한 장도 나오지 않았다.

빼곡하게 들어찬 프로그램의 내용을 샅샅이, 그것도 몇 번씩이나 살펴보고 또 살펴보아도 분명 발신인으로 적혀 있는 아이린과 연관되는 어떠한 것도 찾을 수 없었다.

인철은 깊은 고민에 빠졌다. 아이린이 납치 실종된 지 2주가 넘었지만, 뉴욕 경찰에서는 어떠한 단서도 찾지 못하고 있는 중이었다. 아이린이 FBI 요원이라 그런지 언론에서는 납치 사건 자체가 아예 언급조차 되지 않았다. 그동안 인철은 두 차례 더 조사를 받았지만, 새로운 게 나올 수 없는 질문과 대답만 반복되었을 뿐이었다.

그나마 지난주에는 경찰에서 전화조차 오지 않았고, 담당 형사에게 무슨 소식이나 진전이 있는지를 캐물어도 알맹이 없는 대답만 되돌아올 뿐이었다. 마치 아이린이라는 한 사람의 존재 자체가 완전히 증발한 것처럼 느껴질 정도였다.

인철은 초대장과 프로그램을 자세히 조사해보았다. 우선 포럼의 개최 일자가 불과 일주일 후라서 참석하려면 비자 받는 시간도 촉박할 정도였다. 프로그램 표지의 "위대한 통합의 시대"라는 구호도 차라리 정치적 구호라면 모를까, 한낱 철도공사가 내세우기에는 부적절해 보였다. 아이린에게 듣기는 했지만 인철은 구글 검색을 통해 1520은 러시아 철도의 독특한 궤간을 의미하는 숫자라는 걸 다시 한 번 확인했다.

거의 모든 서방 국가의 철도는 선로 사이의 너비가 1,435밀리미터이며 이를 표준궤라고 부르는데, 제정 러시아 시대부터 구소련 시대 그리고 지금에 이르기까지 러시아는 표준궤보다 넓은 1,520밀리미터의 광궤를 사용하고 있다는 것이다. 러시아뿐 아니라 1991년 해체되기 전까지 구소련에 속했던 카자흐스탄, 우크라이나, 벨라루스 같은 독립국가연합 CIS 국가들은 모두 현재도 같은 광궤를 사용하고 있어 중국과 북한을 제외하고는 구소련권의 유라시아 대륙 전체가 광궤철도로 연결되어 있다고 볼 수 있었다. 그리고 이들은 RZD라 칭하는 러시아 철도공사를 중심으로 긴밀한 협력관계를 맺고 있는 것 같았다.

소치라는 개최 장소도 2014년 동계올림픽이 열린 곳이고 올림픽 유치 경쟁에서 평창과 경합하는 바람에 우리나라에도 알려진 이름이지만, 아방궁에 비견되는 푸틴의 별장이 있는 곳이라는 사실이 더 의미심장하게 다가왔다.

인철은 아무리 머리를 쥐어짜보아도 아이린이 어떻게 이런 초대장을 보냈는지 짐작조차 할 수 없었다. 술을 마시며 소치에 같이 가자는 농담 같은 말이 오고 가긴 했지만 지난번 자신은 소치에 가지 않는다는 뜻을 분명히 했고, 아이린은 자신도 갈 수 없는 신분이라 대답했는데 밑도 끝도 없이 날아온 초대장이라니. 게다가 트럼프 캠프 외곽에서 일했던 세레나라는 여성이 캠프의 회계 책임자를 협박하다 살해된 사건을 추적하던 중 납치되어 생사조차 알 수 없는 아이린이 어떻게 이런 초대장을 보낼 수 있는 건가.

어쩌면 이 초대장을 보낸 장본인은 아이린이 아니고 아이린을 납치한 일당들이 자신을 러시아로 유인하려는 계략일지도 몰랐다.

"아에로플로트 부탁합니다."

인철은 항공권을 발행한 아에로플로트에 전화를 걸었다. 하지만 여러 경로를 거쳐서 확인했음에도 불구하고 모스크바에서 누군가가 현금으로 항공권을 결제했다는 사실 외에는 드러나는 게 없었다. 인철은 납치된 아이린이 자신의 의사에 반해 미국 공항의 출국심사대를 통과할 가능성을 생각해보았으나 그것은 불가능한 일이었다.

그렇다면 둘 중 하나였다. 아이린은 납치된 채 현재 미국에 있거나, 납치에서 풀려나 자신의 의사로 소치에 가 있거나. 인철의 본능은 절대로 이 초대를 받아들여서는 안 된다고 얘기하고 있었다. 아이린의 납치범들은 협박을 통해서든 고문을 통해서든 얼마든지 이런 자필쯤이야 끌어낼 수 있고, 이 초대장에 유인되어 혼자 소치에 간 자신을 살해하는 것은 일도 아닐 것이었다. 하지만 달리 생각하면 실종된 아이린의 이름으로 발송된 이 초대장은 어쨌든 납치 이후 그녀와 연결되어 있는 유일한 단서였다.

인철은 아이린의 납치 사건을 담당하는 형사와 FBI 요원에게 전화를 걸어 그들로부터 어떠한 상황 변화도 없다는 답변을 받자 고심 끝에 초대에 응하기로 결심했다.

자신과의 식사를 마지막으로 아이린이 납치되었고, 그 아이린의 이름으로 초대장을 받았다면 초대를 받아들이는 것이 올바른 길이라는 생각과 더불어, 소치의 1520포럼에 가보면 설사 납치범들을 만나더라도 그것은 오히려 아이린을 구하는 첫걸음이라고 스스로를 설득했다.

일단 마음이 정해지자 인철은 일사천리로 러시아 여행 준비를 마쳤다. 느려터진 일처리로 악명 높다는 러시아 영사관이 비자를 제 시간에 내줄지 걱정했지만, 신기하게도 1520포럼의 초대장을 내밀자 마치 기다리고 있었다는 듯 한두 시간 만에 비자가 나왔다.

인철은 김용 총재에게 긴급하게 러시아에 다녀올 일이 생겼다는 간단한 이메일만을 남겨놓고 소치로 향했다.

모스크바로 날아간 인철은 다시 로컬 비행기로 바꿔 타고 세 시간여 만에 흑해 연안에 위치한 작고 아름다운 도시인 소치에 도착했다. 겨울에는 영하 40도가 보통인 러시아에서 한겨울에도 영하로 내려가는 일이 거의 없는 소치가 러시아의 대표적 휴양지가 된 것은 당연하게 생각되었다. 늦가을인데도 아직 수은주가 영상 29도를 가리키고 사람들은 흑해의 깨끗한 물에서 수영을 즐기고 있었지만, 도시를 에워싼 카프카스 산봉우리에는 만년설이 쌓여 있었다.

모스크바 셰레메티예보 공항에서는 소치행 국내선 여객기로 갈아타느라 정신이 없었지만 소치 공항에 내리자 인철은 이 낯선 도시에서 과연 자신에게 어떤 일이 닥치게 될지 긴장감으로 등이 꼿꼿해지지 않을 수 없었다. 인철은 자신을 노출시키는 게 안전에 도움이 된다는 생각에 비행기에서부터 옆 좌석 승객과 일찌감치 통성명을 하고 명함도 주고받았다. 그는 조지아 철도청의 국제부장으로 포럼에 가는 길이었다.

"와우, 1520포럼에 관심이 있는 한국인이 있군요."

자신을 요제프라고 밝힌 그는 인철이 초대받은 한국인 여행객이라고만 밝히자 엄지손가락을 세워 보이며 반가워했다.

"한국의 KTX 놀랍더군요. 코레일 초청으로 한국에 가보았어요."

"저는 1520포럼이 처음인데 참석자가 많은가요? 어떤 사람들이 오나요?"

요제프는 큰 눈을 더욱 크게 뜨면서 수다를 늘어놓기 시작했다.

"이 비행기에 탄 승객 대부분이 포럼 참석자들일 거예요. 적어도 30여 개국에서 500명은 참가해요. 광궤 철도를 사용하는 나라의 철도청장이나 CEO는 모두가 반드시 참가하고…… 정말 엄청나요. 우리 철도가 얼마나 대단한지 알게 될 거예요. 세계 최고의 식사는 물론이고, 문자 그대로 술과 꿀이 흘러요. 철도인이라면 누구나 한 번쯤 이 포럼에 참가해보는 게 소원이죠. 한 사람당 참가비만 해도 무려 5천 달러나 되잖아요. 이건 정말 아무에게나 주어지는 기회가 아니에요. 내가 지난 3월 국제부장이 됐는데, 이번 포럼에 청장님을 수행하게 되었으니 정말 운이 좋았습니다."

땅딸막한 체구의 요제프는 가슴을 터질듯이 부풀리며 말했다. 그러고는 갑자기 인철의 귓가로 둥그런 얼굴을 들이밀더니 목소리를 한껏 낮춰 속삭였다.

"게다가 러시아권의 유관 기업은 물론이고 지멘스나 봄바르디에, 알스톰 같은 글로벌 철도기업 CEO들도 이 포럼에 초대받고 싶어 안달입니다. 이렇게 최고위급 인사들이 한자리에 모인다는 게 그런 기업들에게는 꿈의 비즈니스 기회가 될 테니까요. 이 행사에 서로 스폰서를 하겠다고 줄을 섰다는 소문입니다. RZD 주코프 사장은 정말 대단한 비즈니스의 귀재입니다. 자기 돈 한 푼도 안 들이고 꿩 먹고 알 먹는 거지요. 하긴 뭐, 푸틴 대통령의 오랜 친구니까 가능한 일이지만요. 그나저나 올해도 푸틴 대통령이 포럼에 오면 얼마나 좋을까요! 그를 가까이서 직접 볼 수만 있다면. 몇 년 전에 한 번 푸틴이 예고도 없이 나타난 적이 있었거든요. 푸틴이 소치에 있는 별장을 아주 좋아한다는 소문이 자자합니다. 푸틴이 러시아 대통령이라면 주코프는 1520포럼의 대통령입니다. 이번에 가까이서 볼 수 있을지도 모른다고 생각하니 정말 가슴이 떨릴 지경입니다.”

한참을 그렇게 떠들던 요제프가 고개를 갸우뚱하며 인철에게 속삭이듯 물었다.

“그런데 지금까지 이 행사에 한국인이 초대되었다는 말을 들은 적이 없는데 미스터 킴이 아마도 최초의 한국인 같아요. 게다가 그냥 여행객이라니요.”

인철도 요제프와 같은 생각에 잠겨 있었다. 이런 포럼에 내가 왜 초청된 것일까? 인철은 자신이 상상했던 것보다도 훨씬 큰 행사에 참가하는 것임을 알고, 이것은 자신을 유인해 해코지를 하려는 납치범들의 함정이 아니란 확신을 가질 수 있었다. 비록 러시아 우방들뿐이긴 하지만 많은 국가의 최고위직을 포함한 대표단이 참가하는 국제적 모임에 공식 초대장을 보내 참가시켜놓고 납치극이나 살인극을 벌인다는 건 상식과 너무도 멀었다.

“자, 그럼 행사장에서 봐요.”

요제프로부터 출국장 밖에 행사장까지 가는 셔틀버스가

대기하고 있다는 말을 들은 인철이 다른 승객들에 섞여 출구를 천천히 빠져나오자, 검정 신사복을 깔끔하게 차려입은 민머리의 날씬한 사내가 다가왔다.

"김인철 씨! 저는 RZD 국제부장 알렉세이입니다. 소치에 오신 것을 환영합니다."

눈을 감고 들으면 그가 외국인이라는 생각을 하지 못할 정도로 유창하고 정확한 한국어 억양과 발음이었다.

"저는 소치에 계신 동안 김인철 씨를 잘 모시라는 주코프 사장님의 특별 지시를 받았습니다. 이쪽으로 오십시오."

인철이 미처 무슨 말을 할 새도 없이 알렉세이는 인철을 검정색 벤츠로 안내했다. 행사장으로 가는 셔틀버스를 타려고 줄 서 있던 사람들이 휘둥그런 눈으로 인철을 쳐다보았다. 설마 저 사람도 1520포럼 참석자인가 의심했던 젊은 동양인이 저렇게 귀빈이었나 하며 놀라는 눈치였다.

인철이 탄 벤츠는 오토바이 경호대의 에스코트를 받으며 모든 교통 신호를 다 무시한 채 질주했다. 육사 생도 시절 주요 행사에 대통령이 참관하러 오는 것을 본 적이 있었지만, 그때와는 비교도 안 될 만큼 사이렌 소리 요란한 에스코트를 받으며 순식간에 행사가 열리는 호텔 앞에 도착했다.

정문에서 현관까지도 수 킬로미터에 달할 정도로 드넓은

정원을 지나 다다른 호텔 건물은 이곳이 러시아라고 상상하기 어려울 만큼 야자수와 사철 만개한 아름다운 꽃들에 둘러싸인 채 고고하게 서 있었다.

"이 호텔은 RZD 간부들과 각국 철도청장들만 숙박하는 전용 호텔이니, 늦은 밤이든 새벽이든 안심하고 산책이나 조깅을 해도 좋아요. 일반 참가자들은 인근의 다른 호텔에 묵으니까 아주 조용할 겁니다."

"혹시 아이린이라는 여성을 아세요?"

"아니, 모릅니다."

"저를 이 행사에 초대한 사람인데요."

"귀빈은 한 분 한 분 주코프 사장님이 직접 심사해 초대하십니다."

"그래요? 그럼 주코프 사장이 왜 저를 이 행사에 초청했나요? 저는 주코프 사장을 전혀 모르는데요."

인철의 의문에 알렉세이는 미소를 띠며 말했다.

"저는 미스터 킴이 주코프 사장님과 특별한 개인적 인연이 있다고 들었습니다만……."

알렉세이는 전혀 내용을 알지 못하는 눈치였다. 맥이 빠졌지만 인철은 알렉세이가 평양의 김책공대와 서울의 연세대에서 각각 2년씩 한국어를 공부했고, RZD에는 한국어에 능통한 직원이 알렉세이 말고도 스무 명가량 된다는 놀라운 정보를 얻은 것으로 만족해야 했다.

호텔 로비는 연분홍색과 초록색 대리석으로 장식되어 있었고, 족히 4, 5미터 높이는 될 법한 천장으로부터 길게 늘어진 크리스털 샹들리에가 은은한 불빛을 내뿜어 별천지에 온 것 같았다. 인철은 태어나서 지금까지 이렇게 크고 아름다운 호텔을 본 적이 없었다. 인철이 묵을 객실도 방이 세 개나 되는 스위트룸이었는데, 창밖으로는 바로 아름다운 흑해가 내려다보였다.

"조금 쉬고 계시면 여섯 시에 시작되는 환영만찬에 모시러 오겠습니다. 그때 주코프 사장님과 인사하실 수 있을 겁니다."

나가려던 알렉세이가 돌아서며 웃음 띤 얼굴로 물었다.

"넥타이는 있으시죠?"

그는 인철이 재킷은 걸쳤지만 청바지 차림에다 달랑 배낭 하나만 메고 있어 걱정됐던 모양이었다.

"네."

29.
푸틴과 주코프

호텔의 별관 연회실에서 열린 환영만찬은 한마디로 성황 그 자체였다. 정장을 차려입은 남성들 사이로 화려한 드레스를 입은 여성들도 우아함을 뽐내며 오가는 생기 넘치는 파티였다. 이들은 오랜 친구를 다시 만난 듯 반가운 인사를 나누기도 하며, 삼삼오오 즐거운 대화를 나누고 있었다. 인철의 자리는 중앙의 메인 테이블 바로 옆 VIP 테이블에 마련되어 있었다.

이윽고 주코프 사장이 입장하자 장내가 일순 쥐 죽은 듯 고요해졌다가 순식간에 함성과 박수갈채가 쏟아졌다. 사회자의 멘트가 계속 이어졌으나 모든 것이 러시아어로 진행되다 보니 인철은 한마디도 알아들을 수가 없었다.

주코프 사장은 단상에 올라가 환영인사를 몇 마디 하더니 생각지도 못한 놀라운 일이 벌어졌다는 듯 표정을 확 바꾸며 목청을 최고조로 뽑아 올렸다.

알렉세이가 급한 걸음으로 다가와 고개를 숙인 채 인철의 귀에 대고 통역을 시작했다.

"여러분, 마침 푸틴 대통령이 소치에서 휴가 중이시더군요. 1520포럼이 있다고 전화 드렸더니, 여러분께 인사를 대신 전해달라고 하셨습니다. 그래서 싫다 그랬더니 여러분, 두 눈 크게 뜨고 보십시오. 지금 걸어 들어오는 사람이 누구인지. 여러분이 가장 존경하고 사랑하는 바로 그 얼굴 아닙니까?"

그 순간 푸틴 대통령이 무대의 뒤편에서 들어섰고, 두 사람은 몸싸움이라도 하듯 세차게 포옹했다. 언론에서 듣던 대로 푸틴은 키는 그리 크지 않지만 다부진 체격이었다. 수백 개의 조명까지 스포트라이트로 쏟아지니 그의 창백한 얼굴은 마치 밀랍으로 빚은 조각처럼 보였다. 왼팔은 앞뒤로 크게 흔들면서, 오른팔은 몸통에 딱 붙인 채 전혀 움직이지 않는 푸틴의 걸음걸이를 두고 푸틴의 오른팔이 의수가 아니냐는 소문이 돌기도 했었는데, 장교 출신인 인철은 그것이 유사시 즉각 총을 뽑아 사격하기 위한, 고도로 단련된 총잡이

들 특유의 걸음걸이라는 걸 짐작할 수 있었다

"우와!"

"블라디미르 블라디미로비치!"

기립한 참석자들의 함성과 박수, 그리고 휘파람 소리로 행사장은 순식간에 열광의 도가니로 변했다. 단상에 오른 푸틴은 분위기가 가라앉기를 기다려 느리고 침착하게 말을 시작했다.

"철도는 러시아를 넘어 유라시아의 통합을 이끌어야 합니다. 철도가 러시아의 위대한 시대를 다시 열어야 합니다. 1520 철도는 위대한 통합정신의 유산이며 주체라는 걸 주코프 사장과 나는 마음에 깊이 새기고 있습니다."

푸틴은 짧은 인사말을 통해 철도와 철도인들에 대한 각별한 애정을 아낌없이 드러냈다. 이어 환호와 열광 속에 떠나가는 푸틴을 향해 주코프 사장이 즉흥적 헌사를 바쳤다.

"꺼져가던 러시아의 위대한 영광을 재현한 지도자이자 러시아 국민을 하나로 만든 위대한 영웅 푸틴 대통령께 이 구호를 바칩니다. 여러분 모두 나를 따라 외치기 바랍니다. '표트르, 비테, 푸틴, 1520 모두 영원하라!'"

주코프 사장의 헌사와 함께 중앙 테이블을 거치며 몇몇 외빈과 인사를 나누던 푸틴이 순간 주코프를 돌아보았다. 감격의 도가니가 되어 "표트르, 비테, 푸틴, 1520"을 따라 외치는 함성 속에서 주코프 사장을 향하는 푸틴의 눈길이 서릿발처럼 싸늘하다고 느낀 것은 바로 옆에 기립해 있던 인철뿐인 것 같았다.

알렉세이는 눈시울을 붉히며 표트르는 수도를 페테르부르크로 천도하고 러시아 제국을 건설한 위대한 계몽군주이며, 비테는 금본위제도 도입으로 러시아에 자본주의를 도입했고, 특히 시베리아 횡단철도 건설을 시작한 러시아의 영웅이자 철도인들의 영웅이라고 설명해주었다.

푸틴이 떠난 후 두 시간도 넘게 이어진 만찬도 끝나고, 연회장의 한쪽 벽면이 양쪽으로 열리자 밖으로 이어진 야외 풀장 주변으로 샴페인과 보드카가 가득한 스탠딩 테이블들이 나타나며 러시아의 유명 록 밴드 연주와 함께 2차 환영만찬이 시작됐다.

주코프 사장은 참가한 사람들과 일일이 악수를 나누기 시작했다. 인철은 알렉세이에 이끌려 주코프 사장에게 다가갔다. 큰 키에 카리스마가 넘치면서도 눈빛이 부드러운 주코프 사장이 인철을 반기며 유창한 영어로 말했다.

"오, 인철! 소치에 온 것을 환영해요. 아이린이 당신에게 특별히 잘 대해주라고 메시지를 두 번이나 보냈어요. 소치는 세계 최고의 휴양지이니 맘껏 즐기고 가세요."

"아이린은 어디 있습니까?"

"하하하. 그걸 나한테 물어요? 여기 오지 못한다고는 했지만 어디 있다고 얘기하지는 않았어요. 아이린은 나중에 만나고 최고로 즐겨요. 불편한 게 있으면 알렉세이를 통해 나한테 직접 얘기해요."

주코프 사장은 자기가 하고 싶은 말만 영어로 하고는 이미 인철 뒤에 줄을 서 있는 사람들에게로 눈길을 옮겼다. 다시 주위는 인철이 전혀 알아들을 수 없는 러시아 말들로 뒤엉키고, 인철은 닭 쫓던 개 지붕 쳐다보는 것처럼 멀찍이 물러나 멍하니 주코프 사장을 바라만 볼 뿐이었다.

일단 아이린에게 아무런 문제가 없다는 걸 알게 된 게 소득이라면 소득이지만, 주코프를 전혀 모르고 있는 듯하던 FBI 요원 아이린이 주코프 사장과 보통을 훨씬 뛰어넘는 친분이 있다는 점은 무척 혼란스러웠다. 게다가 그를 전혀 모른 척하고 있었다는 건 더더욱 받아들이기 어려웠다.

새벽 한 시쯤 러시아 국기를 상징하는 하양, 빨강, 파랑 풍선들이 하늘로 날아가고 축포와 불꽃놀이로 모든 환영만찬이 끝날 때까지 인철은 영어가 가능한 누구와도 대화하며 아이린이라는 이름을 입에 올렸고 구석구석을 뒤지다시피 했지만 아이린에 관한 어떠한 정보도 얻을 수 없었다. 겹겹의 엄중한 경호로 둘러싸여 있는 주코프 사장과도 다시 대화를 나눌 기회를 얻지 못했다.

인철은 온 신경을 곤두세워 어떠한 사소한 실마리라도 찾기 위해 노력했다. 하지만 어떤 식으로 방을 배정했는지 주위가 너무나 조용했고, 다른 투숙객 누구와도 마주치지 않았다.

다음 날 아침에 일어나니 흑해를 둘러싼 카프카스 산봉우리로 안개가 피어올라 마치 일본의 한적한 온천 휴양지에 쉬러 온 것 같았다. 객실 앞에 놓인 러시아 신문들에는 푸틴과 주코프가 나란히 선 사진들이 대문짝만 하게 실렸고, 돌리는 TV 채널마다 그 소식뿐이었다.

다음 날 주코프 사장은 "1520포럼에 29개국 철도 대표단이 참석했지만 외국인은 옵서버로 참석한 미스터 킴 단 한 명뿐입니다."라는 말로 자신의 기조연설을 시작했다. 알렉세이의 통역을 들으며 이 자리에 29개국 사람들이 모였다면서 외국인이 나 혼자라니 이건 무슨 뜻인가 의문을 품었던 인철은 시간이 흐르면서 이 말이 매우 의미심장했음을 깨닫게 되었다. 카자흐스탄, 우크라이나, 벨라루스 등 이 자리에 모인 국가들이 구소련 해체 이후 각자 독립국가의 길을 가고 있지만 주코프는 '우리가 남이가'라고 말한 것이었다.

주코프 사장에 이어 단상에 오른 각국의 철도청장들은 전날 푸틴 대통령이 말한 것처럼 구소련의 아이덴티티는 1520 광궤 철도에 담겨 있으니 철도가 앞장서서 구소련의 영광을 재현하자는 주장을 쏟아냈다. 그리고 어느 순간부터 이러한 주장들은 자연스럽게 중국의 일대일로 정책에 대한 성토로 이어졌다. 중국이 돈으로 러시아의 정신을 파고들려 한다. 카자흐스탄을 비롯한 중앙아시아 국가들에게 1520 광궤를 포기하고 표준궤인 중국 철도 시스템을 받아들인다면 무상으로 철도를 건설해주겠다고 추파를 던지고 있다는 것이었다.

지난밤 자는 둥 마는 둥 잠을 설치다 무슨 단서라도 붙잡아야 한다는 마음으로 일찌감치부터 회의장 앞을 서성거리던 인철에게는 이런 주장들이 처음에는 낯설기만 했다. 오히려 미국에서는 푸틴과 시진핑의 브로맨스가 회자되고 있는데, 푸틴의 최측근인 실세 철도청장이 주최하는 행사가 시진핑의 야심찬 일대일로 정책에 대한 공개 성토장이 되는 것이 의아하게 여겨졌다.

"러시아 철도는 중국 철도와는 완전히 달라요. 기본적으로 중국은 표준궤를 쓰고 있고 차량, 신호 시스템도 완전히 다르지요."

알렉세이는 묻지도 않았는데 계속해서 러시아의 철도 현황을 설명했다.

"1991년 12월 31일 소련 해체가 러시아 국민들에게 자유를 가져다주었지만, 뼈아픈 고통도 안겨주었어요. 1998년 모라토리엄을 선언할 만큼 경제위기도 겪었고……. 2005년이 되어서야 소련 해체 당시의 국민소득 수준을 되찾았으니까요. 러시아 국민들은 대제국을 형성했던 소비에트라는 '영광스런' 과거에 대한 향수를 가지고 있어요. 그리고 러시아가 힘을 잃으면 100개가 넘는 다민족으로 구성된 러시아도 소련처럼 해체될 거라는 불안감에 시달리고 있지요. 러시아가 해체되면 우리의 석유나 자원을 모두 미국이나 중국에 빼앗기게 될 걸로 생각합니다. 러시아 국민의 90퍼센트가 푸틴을 절대적으로 지지하는 이유지요."

"정치적으로 갈가리 찢어진 구소련 국가들을 하나로 묶어주는 게 철도와 러시아어 두 가지거든요. 그런데 중국이 만리장성에 버금가는 대역사로 철도 건설에 열을 올리는 게 무슨 꿍꿍이겠어요."

"시진핑은 돈이 얼마가 들든 중국 철도로 유라시아를 넘어 아프리카까지 연결하는 정책을 추진해왔어요. 바로 21세기 실크로드 구상입니다. 중국은 러시아의 최우방국인 카자

호스탄의 철도를 표준궤로 건설해주겠다고 벌써 20년도 넘게 줄기차게 추파를 던지고 있어요. 이건 우리 러시아를 무릎 꿇리려는 속셈이 분명합니다."

알렉세이는 이런 설명들을 쏟아내면서 중국의 일대일로에 강한 적대감을 드러내 인철을 놀라게 했다. 인철의 관심은 철도가 아닌 아이린에게, 그리고 주코프가 과연 돈 주인인지 여부를 확인하는 데 있었기 때문에 알렉세이의 푸념이랄지 근심이랄지를 건성으로 들어 넘기긴 했지만, 푸틴의 복심인 주코프가 이렇게 생각하고 있다면 중국과 러시아의 관계가 겉으로 보이는 것처럼 그리 좋은 것만은 아니라는 느낌이 들었다.

"알렉세이, 주코프 사장과 조용히 단둘이 만나고 싶은데 당신이 주선해줄 수 있나요?"

"물론입니다. 사장님은 최선을 다해 김인철 씨를 모시라 지시하셨고, 무슨 요구사항이라도 있으면 바로 당신에게 얘기하라 하셨으니까요."

그러나 알렉세이는 인철의 부탁을 전할 필요가 없었다. 주코프가 먼저 만나자는 전갈을 보내왔기 때문이었다. 하지만 놀랍게도 그가 제안한 약속 시각은 다음 날 자정이었고, 장소는 어떤 주요 인물에게도 공개가 되지 않는 자신만의 사우나였다.

알렉세이는 인철이 그의 개인 사우나에 초청받았다는 사실에 입을 쩍 벌릴 뿐이었다.

"내일 만나자는 건 이해하겠어요. 오늘은 떠나는 손님들을 배웅해야 할 테고 늦게까지 계시는 분들도 있을 테니까요. 그런데 왜 자정이지요? 다들 잘 시간인데."

"아마 내일 밤까지 약속이 있으실 겁니다. 자정에야 간신히 시간을 내실 수 있는 모양인데, 주코프 사장님이 인철 씨를 얼마나 배려하시는지 느낌이 옵니다. 이런 일은 처음이거든요."

30.
트럼프의 심계

정기 노선을 다니는 항공기들의 이착륙이 모두 끝난 늦은 시각. 붉은 점멸등을 반짝이며 작은 비행기 한 대가 어둠을 뚫고 동남쪽 상공에 나타나서는 이내 소리 없이 소치 공항의 활주로에 내려앉았다. 비행기가 활주로를 선회하며 속도를 차츰 줄여 정지하자마자 마이바흐 한 대가 미끄러지듯 비행기 옆으로 다가와 멈춰 섰다. 비행기 문이 열리자 검정 신사복을 입은 한 사람을 태우고는 쏜살같이 활주로를 빠져나갔다.

"주코프요."

"쿠슈너입니다."

"여행은 괜찮았소?"

"왕세자 전용기가 의외로 편했습니다."

"우리 정보에 의하면 당신이 사우디 왕실의 숙청을 사주했다던데."

"순전히 사우디를 위해서였어요."

"혹 시리아 문제를 복잡하게 끌고 갈 의도라면 잘못 판단하는 거요."

"우린 시리아에 더 이상 개입할 생각이 없어요. 장인께서는 이란과의 핵합의를 파기할 때부터 시리아 문제는 러시아가 중심이 되어야 한다고 생각했던 겁니다."

"아무튼 당신 장인의 특별한 메시지가 무척 궁금하오."

"이따 같이 계실 건가요?"

"그렇소."

마이바흐가 어둠 속을 질주하여 도착한 곳은 바로 푸틴의 별장이었다.

늦은 밤이었지만 푸틴은 정장을 한 채 쿠슈너를 기다리고 있었다. 약간의 인사와 담소를 곁들인 티타임이 끝나자 세 사람은 푸틴의 서재로 자리를 옮겼다.

"장인의 트럼프노믹스는 반드시 실패합니다."

쿠슈너의 입에서 나온 첫마디는 푸틴과 주코프에게는 너무나 뜻밖이었다. 기회만 있으면 트럼프노믹스만이 미국을 살리는 길이라고 강변하는 트럼프의 사위가 이런 말을 하고 있다는 사실이 믿어지지 않았다.

"그리고 이 사실을 가장 잘 알고 있는 분이 바로 장인입니다."

쿠슈너의 말은 아예 도발적이었다. 만약 그를 트럼프 본인이 보낸 것이 아니라면 쿠데타라도 일으키려는 의도가 아닌지 의심이 들 정도였다. 주코프가 의미를 알 수 없는 희미한 웃음을 입가에 떠올린 채 물었다.

"어째서 그렇소?"

"그것은 전적으로 선거용이었으니까요."

"후후, '메이크 아메리카 그레이트 어게인'이 선거용 사기극이라고?"

"비웃지는 말아요. 주코프 사장 당신이라면 1퍼센트도 안 되는 지지율로 출발해서 대통령이 될 수 있었겠어요?"

백만장자의 아들인 쿠슈너는 이미 이십대 초반에 형무소에 간 아버지를 대신해 그룹을 경영하고 25세 때는 혼자 힘으로 언론사를 인수한 야심가인 데다 누구라도 설득할 수 있는 능력자로 인정받고 있었다. 그가 가족의 공직 임명을 금하는 법을 무시하고 아내 이방카와 함께 백악관 선임고문직을 수행한다거나 복잡하고 미묘한 국제정치 현장 곳곳을 비밀리에 다니며 미국의 이익을 챙기는 걸 본 사람들은 그가 두뇌와 배짱 면에서 장인 트럼프에 조금도 뒤지지 않는다는 평가를 내놓고 있는 중이었다.

하긴 그가 러시아 스캔들의 한가운데에 있으면서도 전혀 개의치 않고 극비리에 사우디에서 왕세자의 전용기 편으로 소치에 날아왔다는 자체가 그의 배포를 말해주는 것이었다. 물론 이런 행위는 스스로 러시아에 약점을 잡히는 일이라서 그 어떤 정치인도 하지 못할 일이지만, 오히려 그렇기 때문에 푸틴과 주코프는 그가 품고 왔을 카드를 예의 주시했다.

"나 같은 소인이 어떻게 그런 기적을 만들 수 있겠소? 당신네 패밀리만 가능한 일이지. 솔직히 나는 당선도 당선이지만 전 언론이 다 달려들어 한목소리로 비난해도 외눈 하나 깜빡이지 않고 대적하는 거나 코미 국장을 사정없이 잘라버리는 트럼프 대통령의 모습을 보며 어떤 정치가도 흉내 낼 수 없는 그만의 능력을 흠모하고 있소. 개의치 말고 얘기를 계속하시오."

주코프 또한 만만치 않은 사람이었다. 푸틴과 페테르부르크대학 동문이며 같은 KGB 출신. 구소련 시절 푸틴이 동독에 주둔한 반면, 주코프는 오랫동안 미국에 주재해 영어에도 능통한 러시아 내의 대표적 친미 인사였다. 52년생인 푸틴과 동갑이며 어려서부터 한동네에 살아서 가족들끼리도 가까운 사이였다. 그는 얼른 자신을 낮추어 젊은 쿠슈너의 기분을 돋웠다.

"장인은 미국 제조업 근로자들의 분노를 불러일으켜 당선이 되셨죠. 중국, 일본, 한국, 독일의 제품이 미국시장을 점령해 당신들은 일자리를 잃고 나락으로 떨어지고 말았다, 내가 당선되면 이들 약탈자들의 제품이 미국 땅에 더 이상 발을 붙이지 못하도록 할 것이라고 외쳤고 근로자들이 대거 장인을 찍었지만, 사실 이미 고가의 미국 상품은 완전히 경쟁력을 잃었어요. 장인의 주장대로 거대한 무역 장막을 펼쳐값싸고 질 좋은 외국 상품의 진입을 막으면 오히려 그 근로자들과 서민들이 견딜 수 없다는 걸 장인은 누구보다 잘 아시죠."

"나무젓가락부터 슈퍼컴퓨터까지 미국은 중국 제품을 쓰지 않고는 못 견디지. 일전에 미국의 어느 방송사에서 중국 제품 안 쓰고 살아보기란 퍼포먼스를 하는데 결국 불가능이란 결론을 내고 마는 걸 본 적 있소."

"트럼프노믹스는 오히려 강력한 경쟁력으로 세계를 리드하는 미국 하이테크 분야를 위축시키기 때문에 솔직히 말하면 장인의 트럼프노믹스는 중국제 짝퉁보다 더 짝퉁이에요."

"하하하하!"

"호호호호!"

"크크크크!"

세 사람은 한참이나 배를 잡고 웃었다. 웃음이 잦아들자 주코프가 차분한 음성으로 물었다.

"트럼프 대통령처럼 샤프한 분이 대책을 마련해놓지 않았을 것 같지는 않소."

쿠슈너는 잠자코 고개를 끄덕였다.

"그 대책이 오늘 당신이 여기로 온 것과 관계가 있소?"

"그렇습니다."

"얘기를 들어봅시다. 그게 도대체 우리와 어떤 관계가 있는지."

"세상에는 두 종류의 나라가 있습니다. 산유국과 비산유국. 즉 기름을 생산하는 나라와 생산하지 않는 나라.

"그래서요?"

"장인이 미국인을 포함한 모든 세계인들의 기대를 깨고 파리기후협약에서 탈퇴한 이유가 뭐라고 생각하세요?"

푸틴의 얼굴을 정면으로 응시하며 던지는 쿠슈너의 질문에 주코프가 대신 대답했다.

"러시아는 트럼프 대통령의 결정에 진정 감사하고 있소."

"장인이 그 결정을 통해 러시아에 보낸 메시지를 이해하셨나요?"

"트럼프 대통령은 이제껏 그 어느 대통령보다도 우리 러시아를 배려하고 있소. 미국 내의 무지막지한 반발에도 불구하고 말이오."

"그 무엇보다 기후협약 탈퇴는 러시아에 보내는 장인의 선물이자 두 나라가 앞으로 공동번영의 길로 나아가자는 신호탄입니다."

"블라디미르 블라디미로비치는 물론 모든 러시아인들이 트럼프 대통령의 결정을 반겼고 분명한 우정을 느꼈소."

"지금 러시아는 세계 제1의 산유국입니다. 사우디가 다음이고, 우리 미국이 그다음이죠. 파리기후협약은 산유국을 죽이자는 얘깁니다. 즉 러시아가 주저앉단 얘기지요."

구소련 몰락의 가장 큰 이유가 바로 유가 하락이었고 지금 러시아의 사정도 마찬가지이기 때문에 푸틴도 주코프도 쿠슈너가 석유 이야기를 시작하자 줄곧 그의 입에서 눈을 떼지 않았다. 비록 우정이니 선물이니 좋은 말을 내놓기는 하지만 사실 그는 지금 러시아의 아킬레스건을 건드리고 있는 것이었다. 경제학자들이 유가의 등락을 좌우하는 여러 요소에 대해 설명하고 있지만 두 사람은 그게 다 웃기는 얘기라는 걸 너무나도 잘 알고 있었다. 유가 등락의 요인은 단 하나. 바로 미국의 결정이라는 걸 두 사람은 확실히 알고 있었다.

"장인은 처음 내각을 짤 때부터 러시아를 염두에 두었어요. 그래서 미국인 중에서 러시아와 가장 가깝고 러시아 석유를 잘 아는 틸러슨 엑슨모빌 회장을 국무장관으로 발탁한 겁니다."

주코프가 충분히 알아들었다는 표정으로 웃으며 말했다.

"우리가 도와줄 일이 있소?"

"도움을 청하러 온 게 아니에요."

"그러면?"

"앞으로 러시아가 겪게 될 운명에 대해 먼저 얘기를 하고 싶은 겁니다."

"러시아가 겪게 될 운명?"

"장인은 세상 사람들이 생각하는 것보다 몇 배나 생각이 깊은 분이에요. 그리고 그분은 세상을 움직이는 힘이 무언지를 누구보다 잘 아시는 분이죠. 이 세상을 움직이는 근본적인 힘, 그리고 모든 나라들의 최종 목표는 경제예요. 정치란 바로 경제의 다른 이름일 뿐이에요."

주코프는 고개를 끄덕였다.

"장인은 미국 경제에는 희망이 없다고 생각하시는 거예요.

그리고 이 생각은 아주 정확해요."

"호호, 그건 지나친 엄살이 아니오?"

"그렇지 않아요. 미국은 여느 나라와 달라요. 다른 나라는 반드시 세계의 유일한 초강대국이 될 필요가 없어요. 독일이나 프랑스나 일본과 같이 그저 자기 나라만 잘 먹고 잘 살면 그만이에요. 경제가 어려우면 경제에 포인트를 주면 돼요. 하지만 이 세상에서 딱 한 나라, 미국만은 그렇게 마음대로 안 돼요. 미국은 어떤 일이 있어도 군사적 힘을 포기할 수 없어요. 경제가 다 망해도 군사비를 폭포수처럼 쏟아부어야 하는 나라예요. 그게 미국의 슬픈 운명입니다."

"왜 그렇게 생각하는 거요?"

"미국이 군사를 포기하는 순간 달러의 대폭락이 오기 때문이죠. 지난번 미국이 서브프라임 위기를 어떻게 극복하는지 잘 보셨을 테죠."

"돈을 마구 찍어냈지."

"바로 그겁니다. 미국은 종이만 있으면 돈을 찍어낼 수 있어요. 그 힘이 바로 군사력에서 나오기 때문이죠. 그러니 군사의 몰락이 바로 달러의 몰락이고, 달러의 몰락이 미국의 몰락이에요."

"군사를 계속 유지하면 될 거 아니오? 미국은 최신예 제럴드 포드를 포함해 항공모함을 모두 열한 척 갖고 있는 데 비해 우리는 겨우 쿠즈네초프 한 척, 중국은 랴오닝 한 척. 물론 이건 항공모함이라 부르기도 힘들 만큼 초라한 것이지만 말이오."

"그게 마음대로 안 되니 문제지요."

"중국 때문이란 얘기요?"

쿠슈너는 두 사람을 뚫어지게 바라보면서 고개를 아래위로 천천히 끄덕였다.

"중국이 워낙 가파른 속도로 군비를 증강하고 있기 때문에 이대로 5년만 가면 미국은 중국을 함부로 대할 수 없게 됩니다."

"중국을 상대로 군사작전을 할 수 없게 된다는 뜻이오?"

"바로 그렇습니다."

"당신의 얘기를 들으니 트럼프 대통령이 그간 러시아에 우의를 보여온 것은 매우 심오한 뜻이 있는 것처럼 들리는데."

"이제 얼마 후면 러시아의 운명은 우리 미국보다 더 처참해집니다."

"무슨 뜻이오?"

"태양광 발전 세계 1위가 중국인 건 잘 알고 계시죠?"

주코프는 고개를 끄덕였다.

"원자력은 어떤지 아세요?"

"무섭게 성장하고 있다는 건 알고 있소."

"그 정도가 아니에요. 중국은 이미 자체 기술로 원자력 발전 전체 사이클을 소화하는 데다 2030년까지 원전 100개를 세운다는 목표예요. 한국과 마주한 중국의 동해안은 온통 원전으로 발 디딜 틈이 없어질 지경이에요. 뿐만 아니라 일대일로의 65개국에도 역시 원전을 빽빽하게 세울 계획을 갖고 있어요. 이미 전 세계에 원전을 수출하고 있음은 물론, 세계에서 가장 안전하다는 용융염 원자로 기술은 이미 세계 1위를 달성하여 동유럽, 남미 등이 앞다투어 중국의 원전을 수입했고 영국, 남아공, 이란, 터키, 이집트, 케냐, 수단, 아르메니아, 카자흐스탄 등도 이미 수입 계약을 맺었거나 계약 직전이에요. 2030년에는 중국이 원전 수출로 벌어들이는 수입만 1,600억 달러가 됩니다. 러시아의 석유 수출 1,200억 달러보다 훨씬 많아요."

"으음!"

이제껏 잠잠히 쿠슈너의 얘기를 듣기만 하던 푸틴의 입에서 신음이 새어나왔다. 원전의 세계화는 당연히 러시아의 원유를 위축시킬 것이고, 그것은 바로 러시아의 침체로 이어질 것이 뻔했다.

"죽일 놈들!"

주코프는 더했다. 그는 러시아 철도를 지켜왔고, 철도를 지킨다는 건 러시아 정신을 지킴에 다름 아니었다. 중국이 거대한 일대일로 건설로 1520 서클을 붕괴시키는 것에 가뜩이나 적개심을 가져왔던 그에게 일대일로에 들어가는 65개국 모두에 원전을 짓는다는 중국의 계획은 도저히 견딜 수 없는 만행일 수밖에 없었다.

"미국과 러시아와 사우디아라비아는 결속해야 합니다!"

푸틴과 주코프는 바로 눈앞의 젊은 미국인 쿠슈너의 입에서 사우디아라비아라는 단어가 튀어나오자 그간 벌어졌던 제각각의 일들이 갑자기 머릿속에서 하나로 통일되었다. 얼마 전 지금까지 사이가 나빴던 사우디 국왕 살만이 난데없이 선물을 잔뜩 가지고 모스크바를 방문해 푸틴과 이유도 주제도 없는 회담을 한 것이나, 왕세자이자 국방장관인 빈 살만이 소치로 푸틴을 찾아와 환담을 한 것이 모두 쿠슈너의 작품이었던 것이었다.

"우리는 산유국입니다. 현재 중국은 우리를 무서운 속도로 가라앉히고 있습니다. 장인이 파리기후협약을 탈퇴하자마자 시진핑이 기후협약을 보호하겠다고 선언하고 나섰습니다. 중국은 차츰 석유를 떠납니다. 잠시 러시아의 석유와 군사력을 이용하고는 당당히 반대편에 우뚝 설 것입니다."

웬만해서는 표정의 변화를 보이지도, 목소리를 낮추는 법
도 없는 푸틴이 듣는 사람이 아무도 없음에도 최대한 목소리
를 낮추고 물었다. 그는 이미 쿠슈너가 짐작조차 하기 어려
운 제안을 갖고 찾아왔다는 걸 느끼고 있었다.

"러시아가 할 일이 뭐요?"

쿠슈너는 즉답을 하는 대신 두 사람의 얼굴을 한참이나 쳐
다보다 푸틴보다도 더욱 목소리를 낮추어 거의 속삭이듯 흉
중의 한마디를 밀어냈다.

"만약의 경우 우리는 어느 정도 중국을 절제시키려 합니
다."

"만약의 경우라면?"

"김정은이 끝까지 핵을 포기하지 않을 경우입니다."

"절제시킨다는 뜻은?"

"구체적 작전 계획은 아직 세워지지 않았습니다."

"작전 계획?"

주코프는 말할 것도 없고 측정할 수 없는 담력을 가졌다는
푸틴조차 작전 계획이라는 말에 경악해 낯빛이 변했다.

"중국이 북한 타격에 개입할 경우 중국을 공격하겠다는 얘
기요?"

"아직 아무것도 정해진 것은 없습니다. 하지만 중국이 과거 한국전쟁 때처럼 개입한다면 그냥 물러서지는 않을 거란 뜻입니다."

"지금 당신은 미국과 중국 사이에 군사분쟁이 터질 경우 러시아가 중국 편을 들지 말라는 요청을 하는 거요?"

"바로 그렇습니다."

"음."

푸틴은 작은 신음을 냈지만 바로 눈을 치뜨며 한마디 내뱉었다.

"중국이 ICBM을 못 쏜다고 보는 거요?"

"절대 못 쏩니다."

일직선으로 쏘아진 질문에 역시 일직선으로 튀어나온 대답 이후 방 안에는 기나긴 침묵이 이어졌다. 푸틴도 주코프도 쿠슈녀도 아래위 입술을 꾹 다물고 있는 사이 시간은 계속 흘러만 갔다. 세 사람의 머릿속은 갖가지 복잡한 생각으로 가득 찼지만 아무도 입을 열려 들지 않았다. 이윽고 푸틴이 주코프를 향해 말했다.

"알렉산드르 세르게예비치, 쿠슈녀 고문을 좀 쉬게 해야 하지 않겠나?"

"그렇군. 밤이 너무 늦었어. 내 사우나에서 쉬도록 하는 게 좋겠어."

"긴 비행에 피로가 심할 테니 마시지라도 받고 침대에 들도록 하는 게 낫지 않을까?"

"그러겠네."

"그리고 내게 다시 와주겠나? 술이라도 한잔하세."

"곧 다녀오겠네."

세 사람은 자리에서 일어났다.

"대통령 각하, 장인께서 모든 미국인의 바람을 어기고 파리기후협약을 탈퇴한 걸 잊지 마시기 바랍니다."

"어떻게 그 위대한 우정을 잊겠소?"

"우리는 산유국입니다. 러시아가 중국과 같은 라인에 서 있는 것은 올바른 방향이 아닙니다. 미국과 같이 나아가야 합니다."

"내 적절한 경로를 통해 답변을 주겠소."

"부디 기대에 어긋나지 않기 바랍니다."

"깊이 생각하겠소."

푸틴은 쿠슈너에게 손을 내밀며 한 팔로는 어깨를 가볍게 감싸 안았다.

31.
드러난 돈 주인

주코프의 개인 사우나는 카프카스 산맥을 따라 달리는 나지막한 구릉 위에 있었다. 구릉이라지만 높이가 꽤 돼 고즈넉한 산속 분위기인 데다 사방이 짙은 어둠에 잠기어든 시간이라 아무 일 없이도 신경이 곤두서는 느낌이었다.

인철이 차에서 내리자 현관에서 대기하고 있던 집사가 인철을 밝고 화려한 방으로 안내한 후 옷장을 열어 걸려 있는 로브를 걷어 주며 말했다.

"죄송합니다. 주코프 사장님께서 먼저 사우나를 하시도록 안내하라 하셨습니다."

"여기 안 계신가요?"

"손님과 얘기가 좀 길어지시는 모양입니다."

"손님이요? 이 늦은 시간에도 손님이 있나요?"

"아마 갑자기 찾아오신 분이 계신 것 같습니다."

인철은 주코프의 생활을 이해하기 힘들었지만 집사의 안내를 받아 사우나로 향했다. 인철이 로커와 통해 있는 복도를 꺾어드는 순간 역시 로브 차림으로 반대편에서 오던 사람과 몸을 부딪치고 말았다.

"익스큐즈 미!"

"쏘리!"

인철이 "쏘리"라고 말하기 전에 상대의 입에서는 워싱턴에서 그렇게나 자주 듣던 익숙한 한마디가 튀어나왔다. 인철은 아무도 없을 줄 알았던 사우나에 사람이 있다는 사실에도 놀랐지만, 온통 러시아어 판인 이곳에서 너무나 세련된 뉴욕식 영어를 들었다는 사실이 믿어지지 않았다.

"미국인이군요."

인철은 자신도 모르게 반가운 마음에 물었으나 상대는 대답 없이 등을 돌린 채 황급히 자리를 벗어나버렸다. 그러나 상대의 이런 태도는 오히려 인철에게 이상한 느낌을 주었다. 보통의 미국인이라면 이런 상황에서 당연히 한두 마디 농담이나 인사 정도는 나누기 마련인데 이 사람은 깔끔하고 교양 있어 보이는 외모와 걸맞지 않은 행동을 보이는 것이었다.

인철은 약간 풀어진 표정의 그가 정체를 숨긴다는 기분이 들었으나 순식간의 일이라 로커로 걸음을 옮겨 로브를 벗고 수건을 걸친 채 증기가 자욱한 습식 도크로 들어갔다.

"인철, 미안해요. 블라디미르에게 갑작스럽게 찾아온 손님이 있었소."

20분가량 시간이 지난 다음 나타난 주코프는 이렇게 양해를 구한 후 인철과 같이 땀을 흘렸다.

"아이린이 특별 대접을 지시해 생각 끝에 사우나를 같이 하는 게 제일 낫겠다고 생각했소. 여기서 땀을 푹 흘린 후 마사지를 받으며 자면 내일 비행기를 타는 데 도움이 될 거요."

사우나를 마친 주코프는 인철의 손을 잡고 로커의 반대쪽 문을 열고 앞장서 나갔다.

"이건!"

눈앞에 펼쳐진 신기루 같은 풍경에 인철의 입에서는 절로 탄성이 새어나왔다. 어느 정도 호사스러운 방일 거라는 짐작은 했지만 인철의 눈에 들어온 건 한 개인의 방이라고는 도저히 믿어지지 않는 화려함과 사치스러움의 극치를 이룬 천상의 방이었다. 인철은 이런 방은 오로지 러시아의 차르들만이 누렸던 사치의 절정인 것을 알고 있었기에 문득 이 사우나가 정말 주코프의 개인 사우나인지 의심이 일었다. 주코프는 인철의 심정을 안다는 듯 가볍게 말했다.

"블라디미르도 가끔 이용하고 있소."

주코프의 이 말은 또다시 강한 의문을 몰고 왔다. 도대체 나는 무슨 이유로, 무슨 신분으로 러시아 대통령이 이용하는 사우나에 초대되어 이런 융숭한 대접을 받는 건가. 생각이 여기에 미치자 또 하나의 의문이 꼬리를 물었다.

'조금 전 부딪쳤던 그 미국인은 누구인가?'

그러나 인철의 이 의문들은 헐렁한 옷을 입은 두 사람의 금발 여성이 다가오자 바로 뇌리에서 떠나버렸다. 두 여자는 인철과 주코프를 옆방으로 이끌었다.

"알렉산드르 사장님!"

두 여성은 머리 쪽이 뻥 뚫린 두 개의 침대로 두 사람을 안내해서는 익숙한 솜씨로 두 사람의 로브를 벗겼다. 인철은 저항할 사이도 없이 로브가 벗겨진 채 주코프를 따라 침대에 엎드렸고, 곧 여성의 부드러운 손길이 등과 목을 눌러오기 시작했다.

"이제 이대로 깊은 잠 속으로 들어갑시다. 이 최고의 마스터들이 밤새 뭉친 곳을 풀어줄 거요. 잠도 잘 오지만 아침에 깨었을 때 날아갈 듯이 기분이 가뿐해질 거요. 굿 나잇!"

주코프는 인철에게 한마디 인사를 남긴 후 온몸을 쫙 펴고 기지개를 켠 후 침대에 몸을 묻었다. 인철 역시 혈도와 경락을 가장 적절한 강도로 빈틈없이 눌러오는 능숙한 손길에 몸을 맡기고 잠을 청했지만 엉뚱하게도 뇌리에 한 사람의 이름이 떠올랐다.

'재러드 쿠슈너.'

마사지를 받았는지 표정이 완전히 풀려 있긴 했지만 그 미국인은 가끔 뉴스에서 보던 바로 그 사람 쿠슈너였다. 인철은 여기서 쿠슈너를 보았다는 사실의 무게를 누구보다도 잘 알고 있었다. 아이린에게 이 결정적 정보를 전하면 그녀는 중단된 FBI 수사를 재개시킬 수도 있고, FBI 출신 뮬러 특검의 등에 날개를 달아줄 수도 있을 것이다. 인철은 주코프 쪽으로 고개를 돌리며 큰 소리로 불렀다.

"알렉산드르 세르게예비치 사장님!"

주코프는 그새 잠이 들었는지 목소리의 한 자락은 잠에 묻어둔 채 힘이 빠진 느릿한 목소리로 대답했다.

"불렀소?"

"아까 한 미국인과 마주쳤는데 그가 누군지 생각났어요."

"쿠슈너 말이오?"

"네."

"그가 그랬소. 상당히 놀라 보안 유지를 부탁하기에 내가 우리 이너 서클이니 손톱만치도 염려할 필요 없다고 말해주었소."

옆 침대에 엎드려 온몸에 힘을 뺀 채 잠의 경계에 들어섰던 주코프는 침대 구멍에서 얼굴을 빼 인철에게로 향하며 아무렇지도 않게 대답했다.

"처음엔 누군지 몰랐는데 한참 생각해보니 그 사람이더군요."

"그 친구 사우디 왕세자 비행기를 타고 날아왔는데 사람이 생각보다 훨씬 샤프했소. 흐흐, 나를 옭죄어오기에 나 스스로 소인배라 둘러대고 간신히 벗어났소."

인철은 자신을 FBI 요원인 아이린과 가까운 사이로 아는 주코프가 아무 스스럼없이 자신에게 쿠슈너 얘기를 꺼내는 것에 놀라지 않을 수 없었다. 인철은 지금 이 순간 자신이 상상력을 발휘하여 이 상황을 확실히 이해해야만 주코프로부터 최대의 정보를 얻어낼 수 있다는 생각에 주코프가 했던 말을 자꾸 곱씹었다.

'아이린이 당신에게 특별히 잘 대해주라고 메시지를 두 번이나 보냈어요. 여기 같이 오지는 못한다고 했지만 어디 있다고 밝히지는 않았어요.'

주코프의 말에 나타나는 아이린은 주코프와 친근하게 문자 메시지를 주고받는 사이이고, 주코프가 아이린을 상당히 존중하고 있다는 것도 느껴졌다. 그녀가 주코프를 알지 못하는 것처럼 시치미를 떼고 있었던 건 자신을 속인 것과 다름없었다. 지금 주코프가 자신에게 아무렇지도 않게 쿠슈너를 언급하는 건 자신을 대단히 신뢰한다는 뜻이고, 심지어는 자신을 이너 서클이라고까지 표현했다.

물론 그 관계가 아이린에게서 기원한 것임을 보면 주코프는 아이린을 FBI 요원이 아닌 매우 내밀한 존재로 여기고 있음이 틀림없었다. 하지만 그녀가 FBI 요원이라는 사실 또한 의심할 바가 아니었던 걸 떠올리면 그녀의 정체는 그야말로 오리무중이었다.

인철은 자신이 알고 있는 아이린은 머리에서 완전히 지워버리고, 주코프가 알고 있는 아이린과의 관계 선상에 자신을 위치시켜야 한다고 생각했다. 즉 자신은 지금 주코프가 믿고 있는 대로 아이린과 아주 가까운 사람으로 그들의 이너 서클 멤버로 처신해야 하는 것이었다. 인철은 주코프가 아이린의 신분을 매우 높게 보고 있다는 인상을 느꼈기에 주코프의 나이를 무시하고 말투에 약간의 우위를 담았다.

"그 친구 되게 급한 일이 있었나 보군요. 러시아 스캔들 와

중에 러시아로 날아왔으니."

"러시아와 미국이 같은 산유국이라 강조했소. 그런데 블라디미르는 그의 말에 꽤나 끌리는 것 같더군요."

인철은 기민하게 머리를 굴리며 대화를 이끌어나갔다.

"같은 산유국이니 같이 행동해야 한다. 사우디에서 비행기를 타고 왔으니 러시아, 미국, 사우디가 세계 1, 2, 3위 산유국이니만치 행동을 같이하자는 논리였군요."

"바로 그거요. 중국이 우리를 가라앉히고 있으니 이대로 있을 수만은 없다는 거요."

"단합해서 석유를 전략무기화하자던가요?"

"그 정도가 아니오. 트럼프 패밀리는 보통의 미국 정치인들로서는 상상할 수도 없는 얘기를 너무 쉽게 했소. 확실히 사업가 출신이라 머리 쓰는 게 달라요. 그가 틸러슨을 국무장관에 앉히고 우리에게 이해할 수 없는 추파를 던져온 것도 알고 보면 누구도 생각하지 못한 깊은 뜻이 있었던 거요."

인철은 대화하는 중에 주코프가 자신에게 그 무엇도 감추려 하지 않는다는 걸 깨닫고는 몹시 의아했지만 기회라는 생각에 노골적으로 물었다.

"쿠슈너의 제안은 뭐였어요?"

하지만 인철의 예상과는 달리 주코프는 이 질문에는 고개를 가로저었다.

"당신이 아이린의 친구로서 들을 수 있는 얘기는 여기까지요."

주코프의 이 말로 인철의 관심은 또다시 아이린은 누구인가로 모아졌다. 하지만 주코프에게 아이린의 내력을 물어본다는 건 대단히 위험한 일로, 섣부른 질문을 하다가 자신의 정체가 탄로 날 수도 있었기에 잠자코 있을 수밖에 없었다. 반면에 노다지와도 같은 최고의 정보들이 쏟아지고 있는 이 순간은 오히려 제3인베스트먼트와의 연관성을 탐지할 절호의 기회였다.

"아이린이 꼭 와볼 필요가 있다고 해서 왔는데 역시 1520포럼은 대단하더군요. 과연 러시아가 철도의 왕국인 걸 실감할 수 있었어요. 러시아 철도공사의 흑자 규모는 얼마나 되나요?"

주코프는 다시 잠에 빠져들었다가 인철이 뭔가를 또 물어오자 느릿느릿 대답했다.

"연간 30억 달러 정도는 버는 것 같소. 직원 수가 120만이니 큰 흑자라 할 수는 없지만 많은 사람들을 먹여 살리고 있는 거요. 게다가 안보와 군사 기여도가 커 러시아 첫 번째 기업이나 다름없소."

"흑자는 국고에 전액 들어가나요? 아니면 자유롭게 투자를 할 수 있나요?"

"벌리기만 한다면 뭐든 해야 하지 않겠소?"

"성공률이 높은가요?"

"호호, 가즈프롬을 가지고 노는데 돈이 안 벌릴 수 있겠소."

의미심장한 말이었다. 제3인베스트먼트는 가즈프롬과의 거래에서 막대한 이익을 쌓은 후 미국의 셰일 석유로 옮겨갔다는 장부상의 자취가 인철의 뇌리에 또렷이 떠올랐다.

"최근에는 미국의 셰일 석유가 터져 한몫들 보는 모양이던데요."

"셰일 석유야 당신네 가문들이 다 최고로 챙기지 않았소?"

인철의 귀가 번쩍 뜨였다. 당신네 가문들이라고? 인철은 순간 많은 것이 한꺼번에 이해되는 느낌이었다.

아이린.

수수께끼 같던 그녀의 정체가 드디어 한 꺼풀 벗고 인철의 뇌리 한편으로 서서히 걸어 들어왔다. 워싱턴에서 아이린이 했던 그 이상한 말들, 미국의 대통령과 국무장관을 지칭해 불쑥 "그래 봤자 꼭두각시들인걸"이라고 내뱉었던 것이나 로스차일드 가문과 록펠러 가문에 얽힌 비밀스러운 얘기들, 자신을 이너 서클이라 지칭하는 주코프의 이해하기 힘든 솔직함, 이 모든 게 아이린의 가문에서 비롯되었다는 직감이 떠올랐다.

생각이 이에 미치자 인철은 머릿속에서 아이린이 FBI 요원이라는 기억을 말끔히 지워버렸다. 자신이 아는 아이린과 주코프가 아는 아이린이 일치하지 않는다면 이제 겨우 세 번 만난 자신보다 오랫동안 알아온 주코프가 아는 아이린이 훨씬 더 실체에 가까울 것이었다.

"러시아 철도공사는 미국 셰일 석유회사에는 투자하지 않나요?"

"인철, 그런 고리타분한 얘기는 그만하고 이제 잡시다. 쿠슈너가 갑작스레 날아와 잠을 못 자는 바람에 지금 죽을 지경이오."

주코프는 팔까지 내젓고 고개를 돌려 얼굴을 뻥 뚫린 구멍 속 깊이 집어넣어버렸다. 이제 두세 번만 질문을 더 하면 어느 정도 돈 주인을 알아낼 수 있다고 생각하던 인철은 소리쳐 주코프를 깨우고 싶었으나 그건 너무도 예의를 거스르는 데다 무엇보다 강한 의심을 살 수 있는 행동이었다. 몇 번 망설이다 인철 역시 얼굴을 구멍 속으로 집어넣고 말았다.

"인철, 우리 1520포럼 어땠소? 아이린이 같이 오지 못해 아쉽긴 하지만 인철과 같이 사우나를 했으니 아이린도 내가 최고의 대접을 했다는 걸 알 거요. 아이린 또한 내 사우나를 좋아하니."

아침에 눈을 떴을 때 이미 없어져버렸던 주코프는 정장을 깨끗하게 받쳐 입은 채 호텔 로비에서 인철에게 작별 인사를 했다. 인철은 러시아 철도공사의 투자 얘기를 꺼내고 싶었으나 이미 대여섯 명의 수행원에게 둘러싸인 주코프에게 그런 얘기를 꺼낼 수는 없었다.

"감동적인 대접이었습니다."

주코프는 두 팔로 인철을 껴안았다.

"또 놀러 오시오."

두 사람이 포옹을 마치자 옆에 있던 주코프의 비서가 인철에게 부드러운 회색 벨루어 천에 싸인 선물 상자를 열어 보였다.

"주코프 사장님께서 드리는 작별 선물입니다."

"앗!"

놀랍게도 그것은 OMAS 만년필이었다. 자살한 요한슨의 부인이 자신에게 준 유품과 똑같은, 삼각 홀더에 금으로 된 촉이 당당하게 허공을 찌르고 있는 모습은 분명 요한슨의 것과 똑같았다.

"아이린은 인철을 단순히 친구라고 했는데 그렇지만은 않을 거요. 가문은 아무나 사귀지는 않으니까. 혹 아이린과 결혼하게 된다면 서약서를 쓰게 될 거요. 그때 이걸로 써주면 고맙겠소."

주코프는 만면에 미소를 띠고 말했다. 인철은 어리둥절했지만 겉으로는 화사하게 웃었다. 하긴 생각지도 못한 성과를 올렸으니 웃지 않을 이유가 없었다. 이제 주코프에게 더 이상 무엇을 묻거나 할 필요조차도 없었다. 그는 가즈프롬을 데리고 논다고 말했으며, 나머지는 이 만년필이 얘기하는 것이었다. 결국 돈 주인은 주코프였던 것이다.

"정말 특별한 선물이군요. 잊지 않을게요."

인철은 환하게 웃으며 주코프와 악수를 나누고 공항으로 향하는 벤츠에 올랐다.

위싱턴으로 돌아온 인철은 경찰서의 아이린 실종 사건 담당 형사에게 전화를 걸었다. 소치에 있는 동안에도 여러 번 전화를 했던 형사는 오히려 인철에게 지난번 조사 이후 아이린으로부터 소식이 있었는가를 되물었다. 인철은 아이린이 더 이상 납치 상태가 아니라고 판단했지만 그런 걸 경찰에 말할 필요는 없다고 생각했다.

"아이린에게서 연락이 오기만 기다리고 있어요."

"제기랄, 그 여자 FBI라 골치 아파 죽겠어요. FBI 요원이다 보니 사실상 경찰은 완전히 따돌림을 당하고 있는 형편입니다. 그러나 눈치를 보니 그들도 답답한 거 같아요. 생사 여부는 물론이고 종적조차 묘연한가 봐요. 납치범들이 어떤 조직이든 대단한 놈들임이 틀림없어요. FBI 요원을 그렇게 감쪽같이 사라지게 하다니."

32.
비밀 회합

우아하고 기품 있는 금갈빛 광택을 은은하게 내뿜으며 라스베이거스의 붉은 언덕 위에서 모하비 사막을 바라보는 고풍스런 저택.

커다란 원탁에 앉은 한 기사가 좌중을 향해 칼칼한 목소리를 던졌다.

"트럼프가 점점 어려운 지경으로 빠져들고 있습니다."

원탁에는 나이와 차림새가 다양해 보이는 여덟 명의 남자가 앉아 있었고, 말을 꺼낸 사람은 사십대 중반으로 고대 로마 정치가들의 석상처럼 각진 얼굴에 터프한 옷차림이었다. 대부분의 다른 기사들은 조금 더 포멀한 차림이었다.

"러시아 스캔들로 버지니아 주지사, 뉴저지 주지사에 뉴욕

시장까지 전부 민주당이 가져가는 바람에 민주당은 물론 공화당 내에서도 반감이 급증하고 있어요. 게다가 스타이어는 4천만 달러를 쓰면서 트럼프 탄핵 광고를 하고 있는데 서명자가 이미 300만을 넘어섰습니다. 지지도나 신뢰도나 모두 너무 저조해 그를 대통령으로 결정한 게 잘한 건가 하는 회의가 들 지경입니다."

짙은 갈색의 굽실굽실한 곱슬머리에 핏기가 전혀 없는 하얀 얼굴이 살아 있는 사람이라기보다는 밀랍 인형처럼 보이는 큰 키의 기사가 긴 손가락으로 탁자를 가볍게 두드리며 말했다. 한마디 내놓을 때마다 가는 주름이 지고 가볍게 굽은 코의 모양이 그가 유대 혈통임을 추측케 했다. 하긴 뭐, 이 자리에 모인 사람들 대부분에게 정도의 차이는 있을지언정 유대의 피가 섞여 있다고 보는 게 맞을 것이었다.

이들이 미국 라스베이거스의 카지노 군락에서 멀지 않은 곳에 자리 잡은 붉은 언덕에서 회합을 갖고 있는 것에도 어떤 의미가 있어 보였다. 라스베이거스는 가장 미국적인 곳이라 해도 과언이 아닌 곳. 돈이 종교요, 진리인 곳. 인간의 끝없는 탐욕이 어떠한 거리낌도 없이 삶의 목표가 되는 동시에, 눈 깜짝할 사이에 거대한 성공과 실패가 모두 가능한 곳이었다.

"그게 오히려 기회요. 그렇게 쫓겨야 전쟁으로 몰아넣기가 더 쉽지 않겠소? 오늘 우리는 중요한 결정을 해야 합니다. 로스차일드 씨, 보안은 신경 쓰셨겠지요?"

"염려 마시오."

과연 저택은 밖에서 보기에는 점점이 수놓인 열대 나무들의 우거진 잎사귀들만 보일 뿐, 그 너머로 이렇게 어마어마한 저택이 자리 잡고 있으리라고는 그 누구도 상상하지 못하게 가려져 있었다. 특이한 것은 아예 저택으로 닿는 도로가 없어 광활하게 펼쳐진 사막을 걷는 외에는 이 집으로의 접근 자체가 애초에 봉쇄되어 있었다. 저택 옆 개인 활주로에 열대 가까운 경비행기가 세워져 있는 것으로 미루어 사는 사람이나 찾아오는 사람이나 모두 비행기로만 오가는 곳이었다.

활주로와 저택은 지하 통로로 연결되어 있었고, 설령 수십 대의 드론이 하늘을 날며 사진을 찍더라도 라스베이거스의 저택에서 흔히 볼 수 있는 여덟 쪽으로 이루어진 주황색 벽돌 빛깔의 커다란 지붕만 보이게 건축되어 있었다. 물론 이 지붕은 모든 전자기기의 탐지를 완벽하게 차단하는 기능을 갖추고 있었다. 이 저택은 존재하되 외부인들에게는 존재하지 않는 것이나 마찬가지였다. 마치 중세시대 성배를 찾아 헤매던 파르치팔의 전설에서 성배가 보관되어 있는 성이 착하지 않은 사람들의 눈에는 절대 보이지 않도록 감춰져 있는 것처럼.

그러나 저택의 내부는 인간이 상상할 수 있는 최고 수준의 사치를 다해 장식되어 있었다. 가장 눈에 띄는 것은 온갖 보석으로 수놓인 벽면의 초대형 성조기였다. 독립선언 당시의 13개 주를 기념하는 13개의 루비로 장식되어 있었는데, 이 루비들은 당장에라도 건강한 핏줄기가 솟구쳐 오를 듯 선연한 빨강색을 내뿜고 있었고, 51개의 주먹만 한 다이아몬드가 현재 미국의 51개 주를 상징하며 성조기의 바탕을 장식하고 있었다.

다이아몬드들이 박혀 있는 짙은 파랑색 벽은 깊은 우주 공간보다 진한 감청색 사파이어들로 이루어져 있어 미국이란 나라가 깊은 사색의 결과로 태어났다는 걸 은유하는 듯했다. 원탁의 중앙에 깊이 파인 반구형의 공간 위로 커다란 지구의가 놓여 있는데, 미국이 그려진 부분이 정중앙의 천장을 향하고 있어 마치 이 나라만이 지구에서 유일하게 선택된 땅이라고 주장하는 것 같았다.

실내 곳곳에 'HG&Co.'라는 로고가 선명하게 수놓인 휘장들이 걸려 있고 그 아래에 '휴먼게놈개발회사Human Genome & Company'라고만 적혀 있었지만 당연히 제대로 된 해석은 따로 있었다. 'HG'는 실은 'Holy Grail', 즉 성배기사단을 의미하는 것이었다.

성배기사단.

이들은 미국이라는 성배를 지키고 수호하기를 자처하는 8인의 기사들이었다. 각각의 기사들이 수조 달러 이상의 재산을 가졌고, 세계의 정치, 경제, 금융, 군수산업과 언론을 지배하는 비밀에 휩싸인 8대 가문의 은밀한 대표자들이었다. 이들의 회합은 세상 사람 그 누구도 모르게 비밀리에 이루어져 왔다. 오늘 이 자리에 모인 8인은 철저히 그들만의 철칙을 따른다. 예를 들면 오로지 돈에게 일을 시킬 뿐, 어떠한 경우에도 자신들은 세상에 드러나지 않는다는 것이 그 철칙 중 하나였다.

"지난 일은 후회하지 맙시다. 전쟁에 관한 한 젭 부시보다 더 적극적이어서 우리가 그를 선택했으니 말이오."

육십대의 건장한 기사가 묵직한 목소리로 말했다. 잘 다듬어진 체격에 구릿빛 피부, 청회색 눈동자와 한마디를 끝낼 때마다 단호하게 일자 모양이 되는 붉은 입술이 지난 한 세기 동안 미국 내에서 매파 전통을 지켜온 가문의 대표답게 보였다.

"그와 우리는 지향점이 같고 무엇보다 임기가 남아 있는 한 우리의 동지요. 집권 초 거칠게 내밀었던 발톱도 지난번 우리의 권고에 따라 적당히 숨겼으니 최소한 시키는 대로는 잘하고 있소."

숱이 많은 백발을 길게 드리운 한 기사가 그의 말을 받았다. 그는 190센티미터의 큰 키에 실제 나이는 90세에 가깝지만 외모만 보면 60세 정도로 보였다. 그는 금융업을 토대로 부를 일군 가문의 수장답게 현 8인회에서 가장 연장자이면서도 가장 까칠하고 까다로운 사람이었다. 하지만 용의주도한 데다 관찰력이 뛰어나 실수를 하지 않기로 유명했다.

"그가 중국에서 2,500억 달러 투자를 약속받았지만 그다음 날 APEC에서 바로 뻔뻔한 도둑놈들을 그냥 두지 않겠다고 했는데 그게 바로 중국을 지칭하는 것임은 어린아이도 알수 있었소. 그건 바로 우리에게 한 말이오."

이번에는 곱슬머리의 키 작은 오십대가 듣기 좋은 저음의 목소리로 말을 이었다. 그는 대학에서 역사를 가르치며 독서를 즐기는 온건한 학자였지만 석유 재벌 록펠러 가문의 대표였다. 그는 학자답지 않게 단호한 표정으로 한 마디 한 마디를 딱딱 끊었다.

"트럼프로 하여금 즉각 전쟁을 치르게 해야 합니다. 이번이 마지막 기회입니다. 이제 조금만 지나면 중국의 군사굴기가 힘을 발휘해 미국으로서도 전쟁이라는 카드는 포기해야 합니다. 중국과 전쟁이란 카드를 내던지고 경제만으로 대결하는 건 100퍼센트 패배입니다. 다음 선거에서 트럼프는 물 먹고 민주당이 집권합니다. 그러면 전쟁은 끝입니다. 미국은 서서히 말라죽는 겁니다. 기회는 트럼프가 있는 지금입니다. 미국은 지난 세 번의 실수를 반복해서는 안 됩니다."

"지난 세 번의 실수라면 뭘 말하는 거요?"

"2차 세계대전을 끝내면서 서방 연합국이 소련에게 동유럽 전체를 그냥 안겨준 게 첫 번째 실수지요. 프랑스와 영국이 독일에 선전포고를 한 것이 2차 세계대전의 시작인데, 선전포고의 명분이 무엇이었나요? 바로 히틀러의 폴란드 침공이었어요. 폴란드를 지키자며 전쟁에 뛰어들어놓고, 막상 1945년 5월 미국과 연합군의 승리로 전쟁을 끝내면서는 폴란드는 물론 동유럽을 그냥 내팽개쳤어요. 그때 미국이 조금만 신경을 썼더라면 전쟁 끝나는 막판에 숟가락 하나 더 얹은 꼴인 소련에게 동유럽을 갖다 바치지 않을 수 있었던 겁니다."

"또 한 번의 실수는?"

"1945년부터 1949년 사이에 미국은 엄청나게 핵무장을 하고 있었지만 소련은 원자폭탄을 단 한 개도 가지지 못했어요. 그 4년 동안 미국이 월등한 군사력을 앞세워 소련을 동유럽에서 쫓아냈더라면 역사는 완전히 달라졌을 거예요. 냉전? 그런 건 없었을 겁니다."

결이 좋은 갈색 머리카락이 멋져 보이지만 어딘지 조급한 표정이 얼굴에 배어 있고 눈이 작은 기사 한 사람이 빠르게 얘기를 거들었다.

"그때 우리 가문에선 우랄산맥 동쪽에 새로 설립된 소련의 핵 연구시설에 원자탄 투하 계획을 검토했어요. 소련이 미국을 넘보고 도전하지 못하도록 싹을 자르자는 거였지요. 그런데 소련을 항복시키려면 원자탄 열 개는 필요하다는 실무진의 의견이 나오자 트루먼은 이미 큰 전쟁으로 지칠 대로 지친 국민들에게 전쟁을 계속하자고 설득하는 것은 불가능하다고 변명했어요. 조부님은 화가 나 그때부터는 대통령을 만나주지도 않으셨어요. 그때 기사단에서 조부님 결정을 따랐어야 하는 게 아니었을까요?"

지금까지 조용히 듣기만 하던 또 한 기사가 강한 독일어 악센트의 영어로 말했다. 방위산업으로 일가를 이룬 독일계로서 전 세계가 사실상 그의 가문이 제조한 무기로 전쟁을 벌이고 있다 해도 과언이 아닐 정도였다. 나라마다 회사는 달라도 지분은 결국 이 가문이 지배하고 있었기 때문이었다.

8인 중 가장 나이가 젊은 그는 몇 년 전 사망한 부친의 뒤를 이어 8인회의 새 멤버가 되었다. 하지만 칙칙한 집안 내력과는 달리 자유분방해 보이는 인상을 가진 사람으로 옷차림도 티셔츠에 헐렁한 차콜색 실크 재킷을 걸치고 청바지를 입고 있었다. 그는 금빛 머리칼을 쓸어 올리며 말했다.

"1949년 말 〈알게마이네 차이퉁〉에 동독의 소련군 기지에 핵폭탄 투하 계획이 있다는 것이 흘러나온 적 있었어요. 여론을 떠본 거지요. 당시만 해도 시대가 달랐던지라 서독 주민들의 반발이 그리 크지 않았는데도 미국 정부는 망설였어요. 미국이 소련을 압박하는 게 훨씬 쉬웠던 그 당시에 왜 손 한 번 안 써보고 동유럽을 통째로 소련에게 안겨줬는지는 지금도 불가사의예요."

구십대 기사가 냉랭한 목소리로 물었다.

"마지막 세 번째 실수란 뭐요?"

"1950년의 한국전쟁입니다. 그때 만주에 원자폭탄을 투하해 중공군의 개입을 막았어야 했어요. 그랬으면 북한 공산당은 궤멸됐고 정전이 아니라 종전을 시켰겠지요. 물론 오늘날 중국 공산당도 저렇게 크지를 못했겠죠. 어쩌면 진작 자유화가 되어 수십 개 나라로 쪼개졌을 겁니다."

"차이나 아웃!"

조각상 같은 얼굴의 터프가이가 로마 황제가 노예에게 사형을 선고할 때 했던 것처럼 엄지손가락을 아래로 꺾는 제스처를 하며 말을 보탰다.

멤버들 중 록펠러와 더불어 어쩔 수 없이 세상에 가문의 이름이 알려지고 만 로스차일드가 입을 열었다. 그는 윌버 로스를 트럼프 내각의 상무장관으로 넣어놓고 있었다.

"우리가 힐러리를 받아들일 수 없었던 건 힐러리의 소극적인 외교 정책 때문이었소. 전략적 인내라는 게 오바마와 힐러리의 전매특허였으니까. 그 전략적 인내의 결과로 수소폭탄이 나왔으니 미치광이 트럼프를 받으면 받았지 도저히 힐러리를 받을 수는 없었소. 물론 젭 부시는 삼부자가 다 전쟁을 치르는 데 대해 약간의 거리낌이 있었고, 그 찰나의 선택이 그를 가라앉혀버린 거요."

로스차일드는 이제까지의 얘기를 정리하고는 미래를 의미하는 듯 두 팔을 허공을 향해 뻗었다.

"자, 이제 옛날 얘기는 그만하고 오늘 어떤 결정을 할지 의논하는 게 어떻소? 다들 동의하시면 록펠러 교수님이 기본 배경을 설명해주시오."

록펠러는 자리에서 일어났다.

"1991년 소련이 붕괴하고 나서 우리는 미국이 영원할 걸로 예상했지만 불과 20년 만에 새로운 도전을 받고 있습니다. 바로 중국이죠. 많은 미국인들이 아직도 중국을 깔보고 있지만 사실은 많이 다릅니다. 중국의 인공위성 기술은 놀랍기만 합니다. 일본이 족족 실패하며 쩔쩔매고 있는 데 반해 중국은 단 한 번의 실패도 없이 100퍼센트 성공시키고 있어요. 이 인공위성들은 전적으로 군부에 의해 개발되었어요. ICBM은 어떻습니까. 세계에서 가장 우수한 ICBM인 둥평-41은 열 개의 핵탄두를 달고 미국 내에 있는 열 개의 목표물을 동시에 공격할 수 있는 위협적인 성능을 자랑하고 있습니다. 최근에는 신형 핵잠수함까지 속속 진수시키고 있는데 그 성능이 세계 최고라는 말까지 나옵니다. 중국이 아직은 납작 엎드려 있지만 이제 5년 후면 상황은 완전히 바뀝니다. 따라서 지금이 중국의 싹을 자를 마지막 시간이라는 겁니다."

"우리의 자본을 중국으로 대거 옮기는 건 도저히 불가능한가요?"

누군가의 질문에 금융계의 제왕 구십대가 한순간의 망설임도 없이 대답했다.

"중국은 법이든 제도든 금융이든 모든 게 공산당 밑에 있소. 위험성도 크지만 중국에 자본을 넣는 순간 그건 이미 우리 게 아니라고 생각하면 맞소. 우리가 트럼프보다 중국을 더 적으로 보는 건 바로 중국에 우리 자본을 옮길 수 없기 때문이오. 여기 미국에 두어야만 하는데 여기 두면 우리 돈이 미국의 붕괴와 운명을 같이하게 되니 그걸 막아야 하는 거요.”

“우리 돈은 미국과 운명을 같이할 수밖에 없는데 미국이 중국 때문에 붕괴되고 있으니 중국을 주저앉혀야 한다는 건 늘 느끼고 있던 바요. 그러나 중국과의 전쟁 논리가 좀 빈약하다는 느낌은 지울 수가 없어요. 어느 분이든 좀 더 뚜렷하게 얘기해줄 수 없어요?”

8인회는 한 사람 한 사람이 모두 가문을 대표하고 있기 때문에 나이나 예의에 전혀 얽매이지 않는 전통을 이어오고 있었다. 구십대의 금융 거두는 찬찬히 전쟁의 이유를 설명해나갔다.

“달러와 석유는 슈퍼 강국 미국을 떠받치는 두 개의 기둥이오. 2008년 리먼 사태로 금융위기가 덮쳤을 때 미국은 세 차례나 대규모로 달러를 찍어내서 미국 경제를 유지했소. 쉽게 말해 미국 정부는 종이만 있으면 돈을 찍어낼 수 있소. 이것이 가능한 이유는 두 가진데, 하나는 달러가 기축통화이기 때문이오. 미국 아닌 다른 나라가 이렇게 한다면 즉각 인플레 때문에 경제가 엉망이 되고 바로 망하겠지요. 이 세상에서 오로지 미국만 할 수 있는 이것이 우리의 부모와 조부모님들이 관철시킨 브레튼 우즈 체제의 골자요. 2차 세계대전 후 우리는 글로벌 안정 시스템이 필요하다는 주장으로 달러를 기축통화로 만들었소. 지금에 와서야 달러가 왜 기축통화가 되어야 하느냐 불평하는 나라들이 있지만 그때는 그들이 정신을 차리지 못했소. 전후의 폐허 속에서 당장 눈앞의 현실만 보았지, 20년 후를 생각지 못했던 것이오. 마치 지금 미국 국민들이 중국과의 전쟁이 왜 필요한지 모르는 것처럼."

"후후, 국민들이 우리처럼 생각하면 세계가 망하겠지요."

"아무튼 그 무렵 패전국인 독일, 이탈리아, 일본은 물론이고 영국, 프랑스, 소련까지도 완전히 망했소. 9·11 테러 후 세계무역센터 자리를 그라운드 제로라고 하지만, 2차 세계대전 후의 유럽 대도시들이 원조 그라운드 제로요. 모든 것이 다 사라졌소. 우리 선대는 그때를 놓치지 않고 달러를 기축통화로 만들었고, 지금은 그게 미국을 떠받치는 힘이오."

구십대 금융 거두의 설명이 귀에 쏙쏙 들어왔는지 오십대 기사가 고개를 크게 끄덕였다.

"또 하나의 이유는요?"

"달러가 모든 국제무역의 지불수단이 되는 데서 나오고 있소. 석유를 비롯한 원자재 거래는 달러로만 가능하지. 차베스란 놈 기억해보시오. 차베스는 2000년대 초반 최대 풍운 아였지만 달러를 모욕하면 어떻게 되는지 생생하게 보여주었잖소?"

"매우 멍청한 놈이었다는 기억은 어렴풋이 나는데……."

가문의 대표들은 최고의 두뇌와 석학들을 무수히 밑에 두고 있었지만 8인회는 누가 대리할 수 없이 단 한 사람, 가문의 대표들만 참석하기 때문에 구십대 금융 거두처럼 세상의 모든 일에 정통한 지식과 경륜을 가진 사람도 있었고, 이 오십대 기사처럼 아는 게 하나도 없는 날라리 같은 사람도 있었으나, 희한하게도 8인회는 큰 문제없이 오랜 세월 지속되어 오고 있었다.

"반미 성향에 좌파 이념으로 가득한 차베스가 베네수엘라 대통령에 당선되자 미국에 대들기 시작했소. 당시 베네수엘라는 세계 4위의 원유 생산국이었고, 미국이 베네수엘라 석유를 많이 수입하고 있었소. 2006년 9월 유엔 총회에서 조지 부시를 악마라고 부르는 만용을 부리고, 걸핏하면 자기네 석유의 대미 수출을 중단하겠다느니 협박하더니만, 베네수엘라의 석유 대금을 달러가 아닌 다른 나라 돈으로 받기 시작했소. 달러를 기축통화로 인정하지 않겠다는 거였소. 결과? 뻔했소. 다 망했소. 차베스는 물론 베네수엘라가 망한 거요. 달러가 아닌 돈을 세상 어디서 쓸 수 있겠소? 석유 팔아 받은 돈이 모두 쓸모없는 휴지조각이 되어버린 거요. 차베스가 달러에 대든 대가로 인해."

록펠러가 말을 이었다.

"그런데 지금 중국이 달러에 도전하고 있어요. 위안화를 기축통화로 만들려고 엄청나게 금을 쌓아두고 있습니다. RCEP(역내포괄적경제동반자협정)다, AIIB(아시아인프라투자은행)다, 그게 다 위안화를 기축통화로 만들려는 시도입니다. 우리가 중국을 가라앉혀야 하는 이유가 바로 이것입니다. 중국이 달러에 도전하는 것은 큰 문제입니다. 중국은 차베스 같은 이단아와는 다릅니다. 중국이 추진하는 일대일로 사업에 걸치는 나라가 자그마치 65개국입니다. 게다가 아시아태평양 역내 경제공동체의 한 중심에 중국이 있고, 이들은 당연히 중국의 위안화를 기축통화로 받아들입니다. 달러는 심각한 도전을 받고 있어요. 달러가 추락하면 우리 자산도 추락해요. 달러가 절반으로 떨어지면 우리의 자산이 반으로 줄고, 쿼터로 떨어지면 우리 자산도 25퍼센트로 줄어드는 겁니다. 이걸 눈앞에 보면서도 가만 앉아 있을 수만은 없습니다."

"지금 중국을 때리지 않으면 네 번째 실수가 될 것은 명약관화합니다. 그러나 문제는 ICBM과 SLBM을 갖고 있는 중

136

국을 상대로 전쟁을 할 수 있느냐입니다."

오십대 기사의 궁금증에 로스차일드가 나섰다.

"문제없소."

"중국이 핵무기를 쓸 경우에도요?"

"우리는 중국이 절대로 핵무기를 쓰지 못하는 전쟁을 할 수 있소."

"도대체 어떻게요?"

"우리는 이미 깊이 연구해두었소. 전쟁의 방법을. 설명을 듣고 싶소?"

오십대는 잠시 생각하다 고개를 가로저으며 대답했다.

"우리 가문은 생각하지 않겠습니다. 전통대로 폰 H. 가문을 따르지요."

그는 금발의 젊은이를 바라보았고 금발 청년은 빙그레 미소로 답했다. 로스차일드는 오십대에게 고맙다는 듯 고개를 끄덕이며 친절하게 말했다.

"트럼프에게 직접 들을 기회를 마련하겠소. 그의 얘기를 듣고 나서 중국을 상대로 전쟁을 할지를 결정합시다."

8인의 기사는 모두 의자에서 일어나 한 손을 들고 우렁차게 외쳤다.

"America Forever!"

33.

남중국해

하와이의 펄 하버-히캄 해공군 통합기지를 떠난 알레이버크급 미 해군 구축함 채피 호는 시사 군도가 눈에 들어오자 태평양 사령부 지령실에 전통을 날렸다.

"여기는 채피, 현재 시각 1134, 위치 파라셀 군도 25해리 접근 중!"

지령실에서는 기다리고 있었다는 듯 즉각 답신이 들어왔다.

"작전 명령을 하달한다! 파라셀 군도 향해 직선 항행하라!"

"로저, 채피 파라셀 군도 향해 직선 항행한다! 채피 파라셀 군도 향해 직선 항행한다!"

통신장교의 보고를 받은 함장 메이슨 중령은 여느 때와는 다른 직선적인 지시에 입가를 약간 비틀었다. 이미 오바마 정권 말기부터 한 달에 한 번꼴로 수행해오고 있는 작전이었지만 오늘은 어딘지 감이 달랐다. 통상의 작전 명령에는 언제나 접근 거리가 예민하게 반영되어 있었다. 국제 관례상 영해로 인정하고 있는 12해리 밖으로만 항행하라든지 혹은 12해리 안으로 들어가라든지 거리를 명시하는 숫자가 반드시 작전 명령 안에 들어가 있었고 이것이 가장 중요했다. 하지만 오늘은 숫자가 생략된 채 '직선 항행'이라는 의미심장한 명령이 떨어진 것이다. 메이슨 함장은 직감적으로 오늘의 항행이 심상치 않을 걸로 판단하고는 마이크에 대고 긴장된 목소리를 내보냈다.

"전 대원 전투 준비! 반복한다, 전 대원 즉각 전투 준비 태세에 들어가라!"

채피는 미 해군의 유도미사일 구축함으로 매케인 호 등 몇 척의 구축함과 '프리덤 오브 내비게이션' 작전을 수행하는 주력함이었다.

중국은 세력이 커짐에 따라 남중국해에 인공섬을 건설하고 군용기가 뜨고 내릴 수 있는 활주로를 비롯해 군사시설을 지으면서 필리핀, 브루나이, 대만, 베트남 등 주변 여러 나라와 분쟁을 일으키고 있었다. 미국의 보수 진영은 오바마가 엉거주춤한 태도로 중국의 인공섬 건설 자체를 저지하지 못해 문제를 키운 데 대해 강한 불만을 드러냈다. 이에 따라 오바마는 호주와 동맹을 강화하여 중국의 영해 확장을 견제하고 자유 항해를 보장하기 위해 '프리덤 오브 내비게이션'이라는 이름의 군사 작전을 정기적으로 수행하는 중이었다.

중국은 이를 영해 침범으로 규정하고 미국의 구축함이 인공섬이든 시사 군도든 난사 군도든 12해리 안으로 들어오면 좌시하지 않겠다는 메시지를 계속 던져오고 있었지만 미국의 구축함들은 이 경고를 무시하고 고의로 12해리 안으로 들어가 항해했다. 물론 이는 중국의 과도한 해양권 주장을 무력화하기 위한 정책의 실현이었지만 중국이 최근 들어 적극적이고 공격적으로 대응해오고 있는 중이라 이 지역은 항상 긴장 상태였다. 따라서 미국과 중국 간에 전쟁이 난다면 바로 여기서 터진다는 전망이 지배적이었다.

트럼프는 중국이 북한 핵 저지와 관련하여 마음에 들게 행동할 때는 작전함들에게 12해리 밖으로 항행하도록 지시했고, 마음에 들지 않을 때는 12해리 안으로 조금 들어가도록 지시했지만, 오늘처럼 아예 직선으로 파라셀 군도를 향해 항행하라는 지시는 내린 적이 없었다.

"이제 12해리 안으로 들어갑니다!"

항행장교의 보고에 메이슨 함장은 고개를 끄덕이며 조금

씩 크게 다가오는 파라셀 군도를 바라보다 짧게 한마디 명령했다.

"단 한 순간이라도 레이더에서 눈을 떼지 마! 무슨 일이 있어도 이놈을 놓치면 안 돼!"

"알겠습니다!"

최근 중국 공군은 12해리 영해 안으로 들어오는 미군 함정에 대해서는 함장이든 조종사든 현장에서 판단해 조치하라는 교전수칙을 내려놓은 상태였다. 즉 현장에 출동한 지휘관이 총격을 퍼붓든 미사일을 쏘든 상부에 별도 보고할 필요 없이 임의로 판단해 대응하라는 것으로 충돌의 위험이 매우 높은 조치였다.

물론 미 해군에서도 당연히 이런 내용을 알고 있었고, 메이슨 함장은 12해리를 넘는 순간 언제라도 전투가 벌어질 수 있다는 각오로 최악의 경우 벌어질 군사 충돌의 그림을 그려보고 있었다. 이미 남중국해 초입에서부터 일정 거리를 두고 계속 따라오고 있는 수면 밑의 잠수함을 격침시키는 건 쉬운 일이지만, 과연 어떤 경우에 공격을 해야 할지 판단하는 건 어려운 문제였다.

"잠수함 위치는?"

"0.8마일 후방입니다! 계속 접근하고 있습니다!"

수면 밑 잠수함은 음파탐지기에 엔진 소리가 그리 크게 걸리지 않는 걸로 보아 중국의 최신예 잠수함이거나 러시아에서 도입한 고성능 잠수함일 가능성이 있었다.

"이제 0.6입니다."

메이슨 함장은 오늘이 매우 특별한 날이라 생각했다. 자신의 구축함도 파라셀 군도를 향해 직선으로 전진하라는 비일상적 지시를 받고 있지만 중국 잠수함도 마찬가지였다. 늘 1마일 이상 거리를 두던 잠수함이 점점 근접해오고 있는 것이었다. 메이슨 함장은 통신장교에게 지시했다.

"작전사령부에 보고해!"

교신을 마치고 난 통신장교가 뜻밖의 보고를 해오자 메이슨 함장은 소스라치게 놀랐다.

"멈추지 말고 직선 항행을 계속하라는 지시입니다. 잠수함이 0.3마일 이내로 들어오면 공격 행위로 간주하고 함장 판단하에 대응하랍니다."

"음!"

메이슨 함장의 입술 사이로 짧은 신음이 새어나왔다. 선제공격의 옵션까지 포함하고 있는 함장 판단이라는 말이 비할 수 없는 무게로 다가왔기 때문이었다.

"공격하라는 뜻인가?"

통신장교가 함장의 말을 그대로 옮긴 후 스피커 볼륨을 높였다.

"공격을 포함한 모든 자위 조치를 함장 판단하에 하라!"

메이슨 함장은 잠시 생각하다 단호한 어조로 지시했다.

"시호크를 띄워!"

"알겠습니다!"

대잠헬기 시호크는 잠수함과의 대결에서 그야말로 무적이었다. 적의 잠수함에서 발생하는 전파를 수집하거나 적외선 레이더를 사용해 적의 위치를 파악하는데, 일단 위치 파악만 되면 그다음은 치명적 어뢰나 헬파이어 미사일을 발사해 잠수함을 그 자리에서 끝장냈다. 아무리 도망치려 해도 유도 기능이 완벽한 SH-60B 어뢰나 헬파이어 미사일을 피할 가능성은 제로였다.

"이상합니다. 계속 거리를 좁히고 있습니다."

레이더에서 눈을 떼지 않고 있던 작전장교가 어딘지 이상하다는 듯 고개를 갸웃거리며 보고하자 메이슨 함장의 가슴에 이제까지와는 달리 한 조각 불안감이 자리 잡았다. 구축함의 밥인 잠수함이 저렇듯 작정하고 다가오는 의미는 무엇이란 말인가.

만약 저 잠수함이 먼저 어뢰를 쏜다면 상황은 정반대가 될 것이었다. 여기서 공격만 하면 중국 잠수함은 그대로 격침되지만 그것은 상대도 마찬가지였다. 얼마든지 어뢰를 발사해 이쪽을 공격할 수 있으니 승패는 어느 쪽이 먼저 선제공격을 하는가에 달려 있었다.

메이슨 함장은 잠수함이 선제공격을 해올 가능성은 1퍼센트도 없다고 스스로를 달랬지만 어제까지 별일 없었다고 오늘도 별일이 없다 단정할 수는 없는 일이었다. 아니, 어제가 아니라 지난 1년간, 아니 100년간 아무 일 없었다고 오늘도 아무 일 없을 거라 단정할 수는 없는 일이었다. 잠수함이 점점 다가옴에 따라 메이슨 함장의 가슴속에 자리 잡은 불안감과 갈등은 차츰 커져만 갔다.

"잠수함 수심은?"

"150미터입니다."

메이슨은 중국의 잠수함이 공격해오기 전에는 무슨 일이 있어도 먼저 어뢰를 발사하거나 미사일을 쏠 수는 없다 생각했고, 따라서 불안은 증폭되어만 갔다.

바다 밑 중국 잠수함의 함장은 한 마디 소리 없이 모니터에 꽉 들어찬 미국 구축함을 묵묵히 지켜보고 있었다.

"함장님, 0.5마일 거리입니다."

함장은 묵묵히 고개만 끄덕였다.

지앙쉔쯔.

중국 북해 함대 소속의 쑤이隋급 공격형 핵잠수함 함장. 이 핵잠수함이 처음 진수되었을 때 중국 해군은 만세를 불렀다. 중국이 드디어 미국 기술을 앞섰다고 자부하는 최초의 작품으로 핵탄두를 여섯 기나 장착할 수 있었다.

이전까지 중국의 잠수함들은 성능이 떨어져서 쥐도 새도 모르게 적진에 근접해 기습 타격하는 잠수함 본연의 기능과는 거리가 멀었었다. 추진 시 펄을 빨아들이며 엄청난 소용돌이를 일으키는 바람에 스스로 위치를 노출시키기 다반사였다. 또한 소음이 워낙 커서 음파탐지기로 추적할 필요도 없이 누구라도 항로를 예측할 수 있을 정도였다. 그러나 이번 095형 최신예 잠수함은 이런 모든 결점을 개선했을 뿐 아니라 중국 해군 최고기술책임자인 마웨이밍 해군소장이 자신 있게 공개할 정도로 최첨단 기술들이 적용되었다.

이제 중국도 본격적인 해양 전력을 가지게 된 셈이었다. 냉전 시절 미국이 폭격기에 주력했던 데 비해 소련은 핵잠수함에 전력을 쏟아부었고, 사실 미국은 소련의 이 핵잠수함을 굉장히 두려워했다. 북극의 얼음덩어리 밑에서 밖으로 나오지도 않은 채 대륙간탄도탄을 발사하는 소련의 핵잠수함을 잡을 방법을 도저히 찾아낼 수 없었던 게 미국이 군축회담을 서두른 이유였으니 핵잠수함의 위력이란 사실 엄청난 것이었다.

중국은 이러한 소련의 핵잠수함을 본받아 유인 우주선을 쏘아 보내는 기술을 망라해 핵잠 건조에 전력을 기울였고, 결국 세계적 명품이 탄생했다. 더욱 놀라운 것은 중국 해군이 이 잠수함의 함장으로 지앙쉔쯔를 임명했다는 사실이었다. 중국 최초이자 세계 최초의 여성 잠수함장이었다. 전 세계 대부분의 나라에서 잠수함은 여전히 금녀의 공간이었다. 특히 공격형 핵잠수함의 경우 수많은 무기를 적재하고 남은 좁디좁은 공간을 승조원들이 나눠 써야 하는데 별도의 여성 전용 설비를 둘 수 없기 때문이라는 게 그 이유였다.

"근무함을 바꿔주십시오. 저는 핵잠수함을 타지 않겠습니다."

그것은 정말 이해할 수 없는 소청이었다. 아무도 그녀가 왜 그러는지 알 수 없었지만 쉔쯔 함장은 미국의 '프리덤 오브 내비게이션' 작전이 계속되자 근무지 변경을 요구했다. 결국 그녀의 뜻대로 되어 모든 잠수함 장교가 선망하는 최신형 핵잠수함 대신 낡은 소형 잠수함을 타고 남지나해 함대사령부에서 미국 구축함을 감시하는 임무를 맡게 된 것이었다.

"함장님, 적의 대잠 헬기가 떴습니다. 거리를 띄울까요?"

"계속 항진!"

이미 얼굴이 굳을 대로 굳어버린 승조원들은 '계속 항진'을 명령하는 함장을 이해할 수 없었지만 감히 군소리를 하지 못했다. 이제까지의 함장들은 미국 구축함을 두려워한 나머지 최소 2마일 이상 거리를 띄웠고, 이것은 기지의 명령이기도 했다. 하지만 이 여자 함장 쉔쯔는 외눈 하나 깜빡하지 않은 채 막무가내로 미국 구축함을 향해 돌격하는 것이었다.

"함장님, 이래도 괜찮을까요?"

"무슨 소리야?"

"기지의 명령은 없었습니다."

"기지는 머릿속에서 지워버려. 내가 현장 지휘관이야."

"알겠습니다!"

쉔쯔는 여태껏 단 한 번도 패해본 적이 없는 승부사였다. 14억 인구의 중국에서는 태어나는 순간부터 잔인할 정도의 생존 경쟁에 내몰리지 않을 수 없었다. 탁아소의 한 자리를 차지하는 것이나 초중고등학교에 진학하는 것은 물론이고, 대학입시 경쟁은 치열하다 못해 살인적이었다. 톈진 시 전체 고등학교 졸업생 중 단 한 명에게만 상하이 해군사관학교 입학이 허용되었지만 그녀는 최소 100 대 1이 넘는 이 모든 경쟁에서 항상 최후의 승자가 되었고, 급기야는 최초의 여성 잠수함장이 된 것이었다.

"무슨 일이 있어도 미국과의 군사충돌은 피하라!"

이것은 전 중국군에 내려진 군사위원회 주석 시진핑의 엄명이었다. 거역할 수 없는 이 명령이 있는 이상 중국군은 껍데기에 불과했고, 상급 지휘관들은 만에 하나 미군 비행기나 함정과 스치는 사고라도 날까 봐 노심초사했다.

때때로 혈기방장한 조종사들이 미군의 영공 침범이나 불법 정찰 행위를 참지 못하고 경고성 근접 비행이라도 하면 수사기관에서 범죄자 취조하듯 닦달하기 일쑤라 중국군의 사기는 떨어질 대로 떨어져 있었다.

"0.4마일 접근입니다."

"수심은?"

"160미터입니다."

순간 결기를 머금은 쉔쯔의 목소리가 날카롭게 터져 나왔다.

"함수를 60도로!"

"함수 60도!"

작전장교는 습관적으로 복창하면서도 무슨 의미인지 함장의 얼굴을 빤히 쳐다봤다. 곧 배가 수면을 향해 60도로 세팅

되자 쉔쯔의 목에서는 마치 소곤거림과도 같이 낮으나 묵직한 힘이 담긴 목소리가 천천히 흘러나왔다.

"액추에이터를 완전히 풀어!"

"넷?"

작전장교는 순간 소스라칠 듯 놀랐으나 본능적으로 복창했다.

"액추에이터 완전 개방!"

순간 벽력과도 같은 쉔쯔의 목소리가 작전장교의 귀를 때렸다.

"급부상하라!"

외마디 절규 같은 명령과 함께 쉔쯔는 갑갑한 듯 군모를 벗어 던져버렸다. 감추어져 있던 검다 못해 푸른빛이 도는 짧은 머리가 그녀의 작고 둥근 두개골을 더욱 명민하게 드러내주었다.

작전장교는 놀라 얼굴이 삽시간에 흙빛으로 변했지만 함장의 작전 명령을 거부할 수는 없는 일이었다.

"급부상!"

순간 바닷속 짙푸른 심연에서 잠수함은 60도 각도로 위를 향해 마치 한 발의 어뢰처럼 치솟아 올랐다. 헤아릴 수 없이 많은 공기방울을 뒤로 남긴 채 가미카제 특공대처럼 미군의 구축함을 향해 로켓처럼 솟구쳐 나가는 잠수함 속에서 쉔쯔는 희미하게 웃었다.

 "으악! 함장님!"

 모니터를 지켜보던 작전장교의 비명이 귀에 들려왔지만 허리를 꼿꼿이 세운 메이슨 함장은 독수리 같은 눈을 수중 레이더에 고정시킨 채 흔들림 없는 목소리로 조타실 마이크에 대고 외쳤다.

 "우현 30도 급회전!"

 "우현 30도 급회전!"

 거대한 가스 터빈 네 대가 최고 RPM까지 수직으로 치솟으며 육중한 구축함을 간신히 돌리자마자 쏴아 소리와 함께 쉔쯔의 잠수함 함수가 허공으로 솟구쳤다 비산하는 물줄기와 함께 쾅 소리를 내며 수면 위로 떨어졌다. 요란한 프로펠러 소리를 내며 시호크가 헬파이어 미사일을 장전한 채 공중을 선회하는 가운데 채피 호의 함장 메이슨 이하 모든 장교와 수병은 잠수함 갑판에 눈길을 모았다.

 이윽고 해치가 열리며 갑판에 몸을 드러낸 사람이 여성인 걸 알아채자 초긴장 상태의 수병도 사관도, 심지어는 함장인 메이슨 중령도 흥미로운 눈길로 이 여성의 일거수일투족을 지켜볼 수밖에 없었다.

"나는 쉔쯔 함장이다."

이 한마디에 다시 한 번 구축함의 모든 군인들은 눈이 휘둥그레졌다. 여성이 함장이라니!

"귀함은 중화인민공화국의 영해를 침범하였으므로 나포함이 원칙이나, 시진핑 국가주석의 특별 지시에 따라 1회에 한하여 특별히 용서하니 즉각 함수를 돌려 영해 밖으로 물러나라!"

메이슨 함장은 또다시 갈등에 휩싸였다. 방금 거의 충돌할 뻔했던 상대방의 급부상을 심각한 적대 행위로 간주하고 격침시키는 극단적 그림부터 상대가 도발한 것과 똑같이 들이받아버리는 그림까지 여러 옵션이 떠올랐으나 일단 지금은 말로 할 때라는 결론을 내렸다.

"귀함의 난폭한 공격 행위로 보아서는 당장 격침시켜야 함이 원칙이나, 일단 함장과 작전장교를 인치하여 조사 후 결정하겠다. 함장과 작전장교는 체포에 순순히 응해 다른 불상사가 없기 바란다."

쉔쯔는 주머니에서 무언가를 꺼냈다. 모든 사람들의 눈길이 집중된 가운데 쉔쯔는 라이터를 꺼내 손에 쥔 것에 불을 붙이고는 입에 물었다. 놀랍게도 그것은 시가 파이프였다.

"으음!"

메이슨 함장의 입가에서 신음이 새어나왔다. 잠수함이 물 위로 솟아나왔을 때 시가를 꺼내 무는 건 함장들의 전통이었다. 하지만 이것은 여유가 있는 평시의 행동이지 지금 상황이라면 상대방 함장은 한껏 당황해 안절부절못해야 정상이었다. 그러나 나이도 별로 들어 보이지 않는 중국 함장, 그것도 여성 함장은 오히려 여유를 부리고 있었다. 메이슨은 원칙적으로는 현장 조치에 관한 전권을 갖고 있었지만 관행에 따라 사령부에 상황을 보고토록 했다.

"사령부에 본함은 격침과 함장 체포를 염두에 두고 있다 보고하고 지시를 받아."

그러나 다음 순간 메이슨은 귀를 때리는 기관총 소리에 대경실색했다. 본능적으로 공중에 떠 있는 시호크를 향해 고개를 돌렸으나 시호크는 저만큼 선회하고 있어 기관총을 쏠 위치도 아니었고, 자신의 명령도 없이 기관총 소사를 할 리도 없었다. 정신을 차린 메이슨의 눈에 들어온 건 잠수함의 기관총신이었다.

두두두두!

다시 한 번 잠수함의 기관총이 불을 뿜었고, 포탄은 채피를 옆으로 둔 채 허공을 향해 날았다.

"즉시 퇴각하지 않으면 나포하겠다."

거대한 이지스 구축함 앞의 소형 잠수함 갑판에 선 쉔쯔는 마치 사자 앞에 선 쥐새끼같이 초라한 몰골이었지만 겁 없는 퇴각 명령에 이어 시가 파이프를 입에 문 채 기관총까지 발사하고 있는 것이었다.

메이슨은 이쯤 되면 이제 다른 옵션은 없다고 생각했다.

"적 어뢰관 확인하라!"

"어뢰관 확인! 이상 없습니다."

메이슨은 잠수함이 어뢰관을 열어놓지 않은 이상 격침까지 시킬 수는 없다 생각했다. 그렇다면 시호크의 발칸포를 잠수함 함수 부근의 바다에 갈기는 정도가 당장의 적절한 대응일 것이었다.

"시호크 공격 준비!"

"로저, 시호크 공격 준비 완료!"

"함수 앞으로 경고 발포하라!"

"경고 발포!"

복창과 동시에 발칸포가 불을 뿜었다.

쿠쿠쿠쿠, 쿠쿠쿠쿵!

잠수함 갑판 위의 쉔쯔는 바로 코앞에 수십 발의 발칸포탄이 쏟아지는데도 시가를 입에 문 채 남의 일처럼 무심하게 바라보고 있더니 발칸포 사격이 끝나자 들고 있던 워키토키에 대고 이미 작심한 듯 강고한 지시를 내렸다.

"발사관 개방!"

순간 메이슨은 크게 당황할 수밖에 없었다. 그는 급히 시호크와 채피의 모든 공격 수단에 대응을 명하고는 급히 사령부를 불렀다.

"이머전시! 이머전시! 수상 대치 상황에서 적함이 기총 소사에 이어 어뢰관 개방 직전이다. 즉시 격침 명령 하달 바란다. 격침 명령 요청한다. 격침 명령 요청한다!"

이와 동시에 메이슨은 급히 시호크를 불렀다.

"시호크, 헬파이어 발사 준비!"

"시호크 준비 완료! 발사 명령 대기 중!"

시호크의 답신과 동시에 작전장교의 경악에 찬 목소리가 귀를 울렸다.

"적이 어뢰관을 열었습니다!"

메이슨이 시호크에 눈길을 돌리며 막 발사 명령을 내리기 직전, 날카로운 목소리가 무전기를 타고 흘러나왔다.

"공격 중지! 공격 중지!"

"무슨 소리야? 적이 어뢰관을 열었단 말이야!"

"공격 중지하고 배를 돌려 빠져나오라! 사령관님 명령이

다! 빨리 도피하라!"

"왜 돌려! 이 바보들아! 헬파이어 한 방이면 끝인데."

메이슨은 절규했지만 사령관의 명령을 듣지 않을 수 없는 상황이었다.

"조타실, 우현으로 150도 회전하라! 우현으로 150도 회전하라!"

다시금 네 대의 거대한 가스 터빈이 맥시멈 RPM까지 급속히 치솟으며 구축함은 함미를 적에게 그대로 내준 채 함수를 돌렸다. 메이슨은 미치광이 같은 중국 함장이 어뢰 발사 명령을 내릴지 몰라 한참이나 등에 식은땀을 흘렸지만 다행히 잠수함으로부터 어뢰가 발사되지는 않았다.

"이런 굴욕이!"

"도대체 사령관님은 왜 격침 명령을 안 내리시는 거야!"

"위대한 미 해군이 한낱 중국 고깃배에 무릎을 꿇다니!"

낡은 소형 잠수함 한 척으로 미국의 이지스 구축함을 물리치고 유유히 기지로 복귀한 쉔쯔는 순식간에 국민 영웅으로 떠올랐다. 그녀에게 걸리면 누구도 살아남을 수 없다는 전설에 하나가 더 보태졌고, 시진핑은 은밀히 사람을 보내 그녀를 포상했다.

포기를 모르는 쉔쯔의 생애와 용기는 모든 중국인의 입에 회자되었고, 특히 보이시하면서도 동양적인 미모와 잠수함장으로서의 강한 카리스마가 어우러진 쉔쯔의 모습은 세계 최강자로 급부상하고 있는 중국을 상징하는 이미지가 되었다. 언론에 의해 영웅담이 조금 더 포장되면서 그녀는 14억 중국 인민의 애인이 되었다. 초등학생들은 그녀의 스티커를 사 모으고, 여성들에게는 롤 모델이자 대리만족의 대상이 되었으며, 수많은 남성들에게는 마음속 연인이 되어버렸다.

쉔쯔의 가늘고 곧은 자세는 땅바닥 끝까지 구부러졌다가 순식간에 하늘로 솟구쳐 오르는 대나무 같은 탄력성과 강인함, 그리고 유연성을 표징하며 가장 중국적이라는 찬사를 받았다. 이제 남자 동료들마저도 그녀의 이름 쉔쯔를 부를 때면 경외심과 공포감을 감추지 않았다. 그녀를 본받아 해군, 그것도 금녀의 공간인 잠수함의 장교가 되겠다는 꿈을 가진 소녀들이 터져날 지경이었다.

하지만 중국을 뒤덮는 쉔쯔의 뉴스를 들추며 홀로 미소 짓는 미국인이 있었는데, 그는 바로 도널드 트럼프였다.

34.

시간을 벌어라

평안남도 남포시.

남포 조선소 뒤의 장마당은 모처럼 활기가 돌았다. 오랫동안 남포는 북한의 조선과 철강산업의 중심지라 다른 지역에 비해 먹고사는 형편이 나았다. 하지만 근래 들어서는 남포의 장마당들도 말라비틀어진 푸성귀처럼 활기가 사라진 지 오래였다. 중국의 대북제재가 강력해지며 새로 들어오는 물건이 거의 없어진 데다 날로 고조되는 대미항전 분위기 탓이었다.

"감자요, 감자."

넉살 좋고 수완 좋은 양승락은 한 차 가득 모아온 감자를 장바닥에 널어놓은 채 목청껏 사람들을 불렀다. 오늘은 제철소와 조선소의 봉급이 나오는 날이라 남포 시내는 물론 각지에서 물건들이 들어와 그나마 성황을 이루었다. 강원도에서 평안도, 심지어는 압록강, 두만강변까지 북한 전역을 돌아다니며 장마당에 그때그때 필요한 물건들을 공급해온 양승락이 오늘 선택한 상품은 그간 주로 취급해왔던 가전제품이 아니라 뜻밖에도 감자였다.

"저 간나 좀 보라우!"

놀랍게도 양승락이 가지고 온 감자는 대인기였다. 그간 큰 장마당에서 최고의 인기를 구가하던 가전제품이니 화장품들을 힘들게 구해 가지고 온 장사꾼들은 전혀 생각지도 못했던 감자가 날개 돋친 듯 팔려나가는 걸 보고 놀라움과 질시가 가득 찬 눈으로 양승락을 바라보고만 있었다.

"도대체 감자가 저렇게 잘 나갈 줄 누가 알았간! 저 뚱돼지같이 생긴 놈이 눈깔은 바리바리한 게 계산 하나는 날래게 생기디 않았간. 우리 이러지 말고 저 간나한테 가서 좀 배우자. 기래야 뭘 사대야 할디 알지 않갔니."

그랬다. 장사에 관해서는 야수 같은 본능을 가진 양승락은 남포 조선소와 제철소 봉급날을 노리고 갑자기 트럭 한 대를 만만치 않은 돈을 주고 빌려서는 산간마을을 돌아다니며 감자를 사 모아온 것이었다. 마지막 한 무더기까지 다 팔고선 판을 걷던 양승락은 장사꾼들이 하나둘 모여들어 조언을 청하자 갑자기 측은한 마음이 생겼다.

자신이 돈 벌 정보를 남에게 알려준다는 게 내키지 않는 일이었지만 동정심 많은 양승락은 트럭 위에 올라가 장사꾼들에게 일종의 강의를 시작했다.

"요즘 정세를 보자면 설라무네, 고난의 행군이 또 온단 말이외다. 여러분, 고난의 행군 잘 알디 않소? 그때 간나들이 한 200만 죽었단 말이디요."

고난의 행군이란 말은 삽시간에 장사꾼들을 흔들어놓았다.

"죽일 놈의 돼지새끼, 수소폭탄은 뭔 개빌어먹을 수소폭탄임메!"

사람들의 반응이 뜨거운 걸 보며 양승락은 조언이랄지 웅변이랄지 하여튼 호기롭게 말을 이어나갔다.

"동무들 요즘 배급 나오는 거 본 적 있소? 전부 장바닥에서 사대는데 사실 이제 공화국은 더 이상 사회주의 낙원이 아닙네다. 사실 한 번도 낙원이었던 적 없습네다만."

불만에 가득 차 있던 장사치들은 바로바로 호응했다.

"뒈질 놈의 새끼! 아, 미사일이 밥 멕여주나, 뭐! 태평양 건너 뉴욕에다 쏜다구? 아, 양키 놈들은 수백 배, 아니 수천 배, 아니 수만 배나 그 대륙탄인지 뭔지 갖고 있다는데 김정은이 그 돼지새끼 미친 거 아님메? 근데 박사 양반, 양키들이 쳐들어옵네까, 안 옵네까? 솔직한 심정이라면 양키 놈들이 좀 쳐들어왔으면 좋겠수다레. 이 썩을 노무 지옥보다는 낫디 않갔소?"

"와아—."

"옳소!"

"백 번 지당해!"

놀라운 일이었다.

인민의 삶은 내팽개친 채 수소폭탄에만 열중하는 김정은에 대한 반감으로 차라리 양키들이 쳐들어왔으면 좋겠다는 장바닥 민심. 분위기를 탄 양승락은 호기롭게 내뱉었다.

"동무들 한번 잘 생각해보시라요. 해방전쟁 이후 언제 한번 양키 놈들이 쳐들어온 적 있나? 단 한 번도 없시요. 날이면 날마다 대미항전이니 양키 침공이니 하지만 지난 70년래 양키 놈들 한 번도 쳐들어온 적 없습네다. 모두 김정은 간나들의 수작입네다."

순간 쌩 하고 바람을 가르는 소리가 나며 날아든 총탄 한 방에 양승락은 비명조차 없이 제자리에 풀썩 쓰러지고 말았다. 이어 드르륵 소리가 나며 기관총알이 날아들자 장사꾼들은 일거에 뿔뿔이 흩어졌다. 하지만 그중 상당수는 총알을 무릅쓰고 양승락에게 달려들어 주머니를 뒤지고 있었다.

같은 시각 김정은 임시 집무실.

"도대체 어떤 놈인지 알아야 전략을 세울 거 아니오!"

김정은의 짜증 난 목소리가 회의 참석자들의 고막을 자극해왔지만 누구도 대답을 할 수 없었다. 그간 지구상에 있는 트럼프 관련 정보는 하나도 빠짐없이 모두 모아놓고 분석을 했으나 트럼프란 인간은 그야말로 알 수 없는 인간이었다. 김정은과 같이 햄버거를 먹겠다는 말을 한 지 얼마 지나지 않아 북한을 완전 파괴하겠다는 말을 하더니, 그 직후에 또다시 내 친구 김정은이라는 식으로 중구난방인 그에 대해서는 어떤 데이터도 의미 있는 판단의 기준이 되지 못했다.

"동무들, 제발 한마디 하시오. 차라리 미친놈이라고 얘기하시오. 어느 쪽으로든 얘기하란 말이오."

"미친놈이 맞습네다."

김정은의 조급한 목소리에 외무성의 꽃이라는 최선희가 입을 열었다. 좌중의 시선을 한 몸에 받으며 최선희는 말을 이어나갔다.

"지난번 일본, 남조선, 중국, 베트남 할 것 없이 돈타령으로 4천억 달러를 챙기는 걸 보면 미치긴 미쳤으되 매우 노회한 자입네다. 일본에 가서는 일본 칭찬, 남조선에 가서는 남조선 칭찬, 중국에 가서는 중국을 칭찬하니 도저히 말을 믿을 수 없는 자입네다. 게다가 중국에서는 2,500억 달러를 약속받고 나서는 바로 중국을 욕하며 대립하니 한마디로 야비한 장사꾼에 불과한 자입네다."

최근 이인자 자리에 우뚝 올라선 최룡해가 최선희의 말에 지지를 보탰다.

"이놈은 했던 약속도 마구 뒤집어엎는 개차반입네다. 파리기후협정도 제 맘대로 탈퇴하고 이란과 맺었던 핵협정도 제 맘대로 깨버립네다. 그러니 이놈과는 어떤 약속도 할 수 없습네다."

김정은은 고개를 끄덕이며 리용호 외무상에게로 고개를 돌렸다.

"외무상이래 시원한 말 좀 해보라우요. 지난번 트럼프 미친놈을 가이새끼라 그랬듯이."

리용호 외무상은 준비한 도표를 벽에 내걸게 했다. 도표에는 모두 아홉 명의 이름이 적혀 있었다.

"이놈들이 지금 뮬러 특검의 조사를 받고 있습네다. 현재 매너포트 선대본부장과 파파도풀로스 고문은 가택연금된 상태이고 나머지 일곱 명도 바람 앞의 촛불 신세입네다. 트럼프 개놈이 이 기소된 두 명을 가리켜 뭐라고 웃기는 얘기를 했는지 아십네까?"

"말해보라우."

"너무 하급직들이라 상대해본 적도 없다고 합네다. 선대본부장에 캠프 고문인데 말입네다."

"하하하하!

"호호호!"

"하하하하!"

모두들 웃음이 터지면서 분위기가 한결 누그러지자 리용호는 단언하듯 말했다.

"이것들이 러시아와 갖가지 수작을 했지만 결정적인 건 장남인 트럼프 주니어란 놈과 사위 쿠슈너란 자식이 정권을 잡으면 러시아 국영은행을 제재하고 있는 마그니츠키법을 고치겠다 한 겁네다. 이건 명백한 반역인 데다 가족들이라 트럼프에게 치명상입네다. 트럼프는 얼마 있으면 탄핵될 가능성이 아주 큽네다. 그러니 이런 자와 무슨 협상을 하겠습네까?"

김정은은 통쾌해하면서도 일말의 불안감이 가시지 않은 표정으로 말했다.

"그건 그거고 지금 어떻게 해야 하냔 말이야. 저놈이 날 가리켜 친구네 뭐네 하는 건 오히려 연막 아니겠나. 저러다 어느 순간 갑자기 백조 새끼인지 뭔지 보내는 거 아니냔 말이오.

지금 우리가 내 방에도 못 들어가고 이 개떡 같은 임시 사무실에서 회의하는 거 보란 말이오. 그 개 같은 놈이 자꾸 내 집무실을 폭격하니 무슨 참수를 하니 미친 소릴 해대고 있으니 내 집무실에도 못 들어가고 있디 않간."

최룡해가 천 번 만 번 이해한다는 표정을 지으며 달랬다.

"이 미치광이 가이새끼가 어떻게 나올지 모르니 위험한 곳에 구태여 갈 필요가 있갔습네까?"

"그건 그렇다 치고, 이제 어떻게 해야 하느냔 말이오. 제잰지 지랄인지 점점 쎄게 들어오는데 더 이상 갠디기도 어렵고 핵실험도 그렇고 미사일 발사도 그렇고 판단하기가 참 애매하단 말이오. 동무들 의견을 내보라우."

최선희가 다시 입을 열었다.

"중국이 이번에 2,500억 달러나 약속했으니 그 약발이 있습네다. 따라서 미사일은 몇 번 더 쏠 수 있을 걸로 보입네다. 핵실험도 한 번 정도는 안심하고 할 수 있을 걸로 보입네다."

"흠!"

최룡해가 입을 열었다.

"문제는 속도입네다. 천리마 돌격으로 수소폭탄 장착한 대륙간탄도탄을 완성하고 핵실험 한 번, 대륙간탄도미사일도 한 번 쏴버리면 끝 아닙네까. 그다음부터는 뭘 해도 완전 핵 보유국 위치에서 임할 수 있습네다."

"뭘 해도라는 건, 핵을 계속 보유하든 협상하든 어느 쪽이든 말이오?"

"그렇습네다."

"그런데 저 트럼프란 놈을 믿을 수 없으니 하는 말 아니오? 탄핵될 때까지 기다리자니 제잰지 지랄인지가 점점 죄어들어 오고, 지금 하자니 얻어낼 대가가 반쪽이 날 테고, 무엇보다 인민들에게 내 입장이 뭐가 되냔 말이오? 결국 웃음거리밖에 더 되갔소? 미국 놈들한테 무릎 꿇은 거밖에 더 되냔 말이오?"

김정은은 상당히 위축되어 있었다. 핵과 미사일만이 살 길이라 밀고 나갈 때와는 전혀 다른 모습일 수밖에 없는 것이, 중국이 미국의 힘에 눌려 제재에 적극 동참하자 모든 상황이 달라져버린 것이었다. 심지어 일각에서는 중국이 원유 파이프를 완전히 잠가버릴 가능성이 있다는 분석이 나오는 데다 가장 견디기 힘든 건 트럼프가 말끝마다 내뱉는 참수 작전이었다.

회의에 참석한 북한의 핵심 지도자들은 문제가 몹시 까다롭다는 걸 깊이 인식하고 있었다. 처음에는 핵과 미사일을 직선으로 개발 완성하면 최후에는 둘 중 하나의 길로 순조롭게 갈 걸로 판단했다. 그러나 중국이 미국 측으로 기우는 바람에 제재가 너무나 가혹하게 다가와 장마당은 물론 군 일각에서도 불안과 궁핍을 견디지 못하고 점차 불온한 기운이 감돌고 있다는 걸 모두 느끼고 있었다.

최근 들어 미국에서 몇 개의 채널을 통해 대화 제의를 해오고 있지만 한결같이 무늬만 대화 제의여서, 응하는 것 자체로 그간 내세웠던 결기만 우습게 되는 꼴이었다.

"아, 진정 답답하구만. 내 집에도, 내 집무실에도, 내 특각에도 가고 싶단 말이오. 나라를 이끌어가는 최고지도자들이 이렇게나 생각이 없어서야 어떡하갔소?"

김정은을 포함해 모두가 무력감에 빠져 있을 때 맨 끝자리에 앉아 있던 한 사람이 천천히 자리에서 일어났다.

"제가 한 말씀드리겠습네다."

"말해보라우요."

누구에게나 안하무인인 김정은이었지만 이상하게도 이 사람에 대해서만은 부드럽기 짝이 없어, 사람들은 아닌 밤중에 홍두깨처럼 툭 튀어나온 조직지도부 정책국장 권오성에게 시선을 모았다.

"남조선 문재인 정권은 국정원장들과 국방장관 출신 김관진을 비롯해 군 요직 인사들을 개작살내고 있습네다."

"뿐만 아니라 국정원, 국방부 할 것 없이 적폐 쌓은 놈들을 다 청소하고 있습네다. 묘하게도 이놈들은 모두 우리가 혐오하고 증오하던 놈들입네다."

권오성의 발언이 어딘지 익숙한 동시에 아주 새롭게 들린다는 생각에 사람들은 모두 귀를 기울이며 신경을 곤두세웠다.

"우리가 내려가서 정권을 잡으면 맨 처음 했을 것 같은 일들을 지금 남한 정권이 아주 속 시원히 해주고 있단 말입네다."

"정말 그런 것 같은데……."

조직지도부 출신의 고위 간부가 천천히 고개를 끄덕이며 낯익은 것 같기도 하면서 낯설기도 한 권오성을 바라보며 그의 과거 모습을 기억 속에서 끄집어냈다. 조연준. 그는 조연준이 저승사자로 변모할 무렵 어디선가 데리고 온 새로운 얼굴이었다. 같이 일할 기회는 없었지만 처음부터 출신이라든지 특기라든지 하는 게 베일에 가려진 사람이었다. 그런데 언제부터인가 김정은은 그를 최고전략회의에 앉히기 시작했던 것이었다.

"한 마디로 하자면 깊이 통하는 데가 있다는 말입네다. 달리 얘기하면 가는 방향이 같단 말입네다."

"음, 그건 미처 생각해보지 못했는데."

"이런 난감한 상황에서는 남조선이 답입네다."

"무슨 얘깁네까? 좀 속 시원하게 말씀하시라요."

최선희의 독촉에 권오성은 최선희를 똑바로 주시하며 대답했다.

"지금 문제는 시간입네다. 트럼프 가이새끼가 우리에게 시간을 안 준다는 거 아닙네까. 시간 끌면 폭격이든 타격이든 전쟁이든 하갔다는 거지요. 협상을 해도 과거 6자 때처럼 마냥 시간을 벌어주지 않는다는 말입네다. 말이 협상이지 사실은 강제라요. 그래서 미국과 1 대 1로 마주 앉는 게 시원해 보이지만 사실은 스스로 좁은 길로 들어가는 겁네다. 우리는 세 가지를 해야 합네다."

"세 가지라면요?"

"첫째는 초스피드로 핵과 미사일을 완벽하게 완성하고, 둘째는 시간을 끌 대로 끌다 협상 테이블에 앉고, 셋째는 협상 채널을 최대한 넓혀야 합네다. 미국, 중국, 남조선, 심지어는 일본까지도요. 그래서 중구난방을 만들면 시간을 한참 벌 수 있습네다. 특히 남조선으로 하여금 트럼프를 잘 막아주도록 해야디요."

"그거야, 바로 그거야! 미국과 1 대 1로 마주하는 건 피하라는 얘기 아니야?"

"바로 그렇습네다. 특히 남조선에 희망적인 조짐을 조금씩

만 던져주면 미국이고 뭐고 청와대가 다 막아줍니다. 저들끼리 다투다 반미 시위도 일어날 겁네다. 맘껏 시간을 가질 수 있습네다. 미국 놈들 뿔대 나서 미군이 철수할 가능성도 있고, 남남갈등에 쌈박질을 얼마든지 조종할 수 있습네다. 핵 완성 이상의 성과도 낼 수 있습네다."

"역시 권 동무래 머리가 비상하오!"

김정은이 박수를 치자 모두 따라 박수를 치며 "김정은 동지 만세!"와 "권오성 동지 만세!"를 외쳤다.

35.
블랙십

금빛 머리카락을 늘어뜨린 채 레오 폰 H.는 뉴욕 맨해튼의 한 펜트하우스 사무실에 앉아 마천루가 끝나는 지점의 하늘을 바라보고 있었다. 시야에 들어오지는 않지만 트럼프 빌딩도 지척에 있는 곳이었다.

레오는 프로이센 황족 혈통의 한 지파로서, 일찍이 미국으로 건너와 더 큰 부를 일군 폰 H. 가문의 유일한 상속자였다. 이 가문은 재산 분할로 인해 세대가 갈수록 부가 쪼그라드는 것을 막기 위해 장자에게 모든 것을 물려주는 장자유일상속 전통을 고수해왔다. 또한 자식이 단 두 남매뿐일 경우 여자의 결혼을 금지해 재산을 보호하고 적통의 보전을 예비하도록 했다.

레오는 독일계로서 자신도, 하나뿐인 여동생도 뉴욕 태생이었지만, 1년에 3개월은 반드시 독일 뮌헨에서 지내야만 했다. 가족끼리는 독일어로 대화해야 했고, 자신은 아버지의 성을 이어받지만 여동생은 어머니의 성을 따라 B라는 이름을 물려받는 것도 이해하기 어려운 가문의 전통이었다.

이 때문에 초등학교 시절에는 자신이나 동생 중 하나는 뮌헨의 성벽 밑에서 주워온 게 틀림없다고 의심한 적도 있었다. 아이린 B.! 아이린은 생후 100일 무렵 세례식을 할 때 오른쪽 쇄골 아래에 B. 가문의 문장인 세 잎 클로버 문신이 새겨졌다. 어머니는 아이린이 북구적 외모와 강인한 성품, 그리고 온갖 스포츠에 능한 것까지 자신의 유명한 증조할아버지와 판박이라고 입버릇처럼 말했다. 이 가문은 프로이센의 재상으로 독일을 통일시킨 할아버지 이래 친러적 전통을 불문율처럼 이어왔다.

아이린은 일찍부터 가문의 블랙십 기질을 보였다. 일반에게는 감춰진 극소수 대부호의 자제들을 위한 비밀 학교를 다녀야 하며 반드시 기술을 전공해야 한다는 등의 규율을 완전히 무시하고 일반 대학에 진학한 것도 모자라 다른 학생들과 뒤엉켜 기숙사 생활을 하더니, 대학 졸업 후에는 몰래 FBI에 취직해 위험한 삶을 살고 있었다. FBI에서 가지각색 흉악범들을 상대하며 워싱턴의 밤거리를 누비는 것으로도 부족해 이번에는 트럼프 선거 캠프의 비리를 캐는 등 천방지축이었다. 레오는 보디가드를 풀어 24시간 아이린을 감시하다 결국 아이린과 FBI의 영원한 결별을 위한 최후의 수단으로 납치라는 극단적 방법까지 동원한 것이었다.

"레오, 이건 반칙이야. 이럴 수는 없어요. 어머니께 고자질한다는 협박도 오빠답지 않게 비겁한 거구요."

오빠가 이런 적은 없었다. 가문의 상속자가 되더니 오빠 레오는 변해도 너무 변했다. 특히 그랜드 케이맨 사건 이후 오빠는 완전히 막무가내가 되었다. 자기 말은 아예 듣지도 않으려고 하더니 이제 납치까지 한 것이다. 아이린의 원망은 한참 동안 계속됐다. 레오는 등을 돌린 채 시선은 창밖에 두었지만 극도로 신경을 곤두세운 채 동생의 말을 듣고 있다가 몸을 돌렸다.

"이제 다 한 거지? 그러게 진작에 FBI를 그만두라고 했잖니. 그간 네 편에서 감쪽같이 숨겨주었다만 어머니가 아시면 쓰러지실 거야. 네가 하는 일이 얼마나 위험한 일인지 아니? 솔직히 이 오빠는 네가 그 이상한 곳에 들어간 후 단 하루도 다리를 뻗고 자지 못했다. 아이린, 네게 무슨 일이라도 생긴다면 내가 어떻게 어머니를 뵙고, 아버지 영전에 얼굴을 들

수 있겠니? 한평생 너만을 사랑하셨던 아버지 말이다."

부모님 얘기가 나오자 아이린은 잠시 멈칫했다.

"너는 지금까지 우리 가문의 모든 룰을 어기고 제멋대로 살았어. 이제라도 집으로 돌아와 오빠와 함께 일하자. FBI에 돌아가는 것은 이미 틀린 일이다. 사표도 벌써 수리됐고, FBI는 너를 찾는 것도 포기했다. 내가 다 조치해놓았어."

"사표라니요. 그건 절대 안 돼요. 내가 목숨의 위협까지 받고 있는 줄 알고 눈에 불을 켜고 찾고 있을 거예요. 호호, 내가 지금 바로 요 앞 경찰서에 전화해서 나를 납치한 범인이 친오빠라고 하면 바로 오빠를 체포하러 올 텐데……. 호호, 자작극이라고 해야 하나? 어떻게 할까요?"

아이린의 하늘색 두 눈동자에 처음으로 미소가 스며들었다. 집어내기 어려운 아이린의 그 미소는 오빠인 레오만이 눈치 챌 수 있는 것으로, 이제 본론에 들어갈 수 있을 만큼 마음이 풀렸다는 신호였다. 레오는 이 기회에 가문의 흥망을 좌우할 수도 있는 무거운 얘기를 해 아이린을 꽉 잡아야 한다고 생각했다.

"아이린, 이제부터 오빠가 하는 말을 잘 들어라."

아이린은 지금까지 레오가 이렇게 심각하고 진지한 표정을 짓는 것을 본 적이 없었다. 이윽고 서재의 거대한 한쪽 면을 채우고 있는 대대로 내려온 적갈색 마호가니 책장에서 HG&Co.의 황금 서책을 꺼내 보이며 레오가 들려주는 이야기를 아이린은 넋을 잃은 듯 조용히 듣고만 있었다.

"아이린, 네가 FBI에 들어간 것도 결국 미국을 지키기 위한 정의감 때문 아니냐! 이제는 네가 오빠 말을 들을 차례다. 그리고 지금부터 오빠가 네게 하는 말은 누구에게도 누설해서는 안 된다. 우리 가문의 명운이 달린 일이야."

레오는 지금 미국의 패권이 위협받고 있으며, 성배기사단은 미국의 패권을 지키기 위해 이에 도전하는 중국과 전쟁이 불가피하다는 결론을 내렸다는 사실을 때로는 강하게, 때로는 호소하듯 말했다.

"우리는 후보들을 면접했다. 힐러리는 아예 전쟁 의사가 없었고, 젭 부시는 잠시 망설였다. 반면 트럼프는 적극적이었고 전쟁을 약속했지. 그는 왜 전쟁을 해야만 하는지를 이해하는 유일한 사람이었어. 우리는 지지율이 1퍼센트도 안 되던 그를 공화당 후보로, 그리고 결국은 대통령으로 만들었다."

"……."

"주사위는 이미 던져졌고 지금은 천재일우의 기회야. 김정은이란 완벽한 도화선이 있기 때문이지. 이 친구는 트럼프가 세게 나가면 움츠러들어. 바꿔 말해서 약하게 나가면 도발한 단 말이지. 핵문제가 어느 정도 교착 상태에 빠지면 반드시 도발해. 핵실험이든 미사일 발사든 안 하고는 못 배겨. 요체는 이 도발을 이용하되 어떻게 중국이 끼어들지 않을 수 없도록 교묘한 상황을 만드느냐는 거야."

"성배기사단에서 그걸 짜주나요? 그중에서도 군수 집안인 오빠가 앞서서?"

"트럼프는 교활한 사람이야. 허나 어떻게 보면 굉장히 현명한 사람이지. 그는 왜 전쟁을 해야 하고, 어떻게 중국을 끌어들이며, 어떻게 마무리를 해야 하는지 누구보다 잘 알아. 쿠슈너를 푸틴에게 보내 시진핑과 사이를 벌려놓고, 남중국해에서 낡은 잠수함에 꼬리를 내려 중국에 자신감을 불어넣는 데까지 착착 준비를 해왔어. 이제 트럼프는 국내에서 점점 막다른 골목에 이르게 되어 있고, 김정은은 도발하지 않을 수 없게 되어 있어. 발화점을 향해 한 걸음 한 걸음 다가가는 거지."

"중국을 눌러야 미국이 사나요? 중국과 공존은 안 돼요?"

"그게 선량한 보통 사람들이 가장 빠지기 쉬운 함정이야. 미국은 군사력이고 중국은 경제력이야. 그런데 군사력은 쓰지 않고 경제력만 써서 싸우면 미국이 지는 게 뻔하잖아."

"미국이 군사를 포기하고 그 힘을 경제로 돌리면 되지 않아요?"

"미국이 군사를 포기하는 순간 달러는 폭락이고, 달러가 폭락하는 순간 미국은 붕괴해. 수천만이 노숙자로 전락해 도시를 뒤덮겠지. 그렇게 보면 미국은 전쟁을 해야만 하는 운명을 가진 슬픈 나라야."

처음에는 깜짝 놀라 토끼눈을 뜨던 아이린이 점차 침착함을 되찾으며 진지하게 귀를 기울이는 모습에 레오는 자신이 미중전쟁의 계획을 털어놓길 잘했다는 생각을 했다. 최소한 시니컬한 반박 몇 마디 정도는 있을 거라는 예상과 달리 시종일관 조용히 듣기만 하고, 자신의 말이 끝난 후에도 한참 동안이나 아무 말 없이 앉아 있는 아이린을 지켜보며 레오는 역시 피는 물보다 진하다는 말을 떠올렸다.

"아이린, 이제부터 우리 남매가 가문의 전통을 이어나가야 한다. 미국을 지키는 것이 우리 가문의 일이다."

오빠의 말에 아이린은 잠에서 깨어난 듯 몽롱한 눈을 들어 통유리로 된 거실의 한쪽 면에 가득 찬 자유의 여신상을 바라보며 힘없이 물었다.

"미국은 언제까지나 그렇게 살아야만 하나요? 무기를 팔고 전쟁을 해야만 하는 나라로요?"

"시간을 버는 거야. 지금은 인구가 많은 중국의 시대이지만 얼마간 시간이 지나면 하이테크가 인구를 이기는 시대가 와. 그때까지 미국은 생존해야 해."

"미국의 생존을 위해 중국과 전쟁하는 것이 과연 정당한 일일까요?"

"중국이 세계를 지배하면 어떻게 되겠니? 중국은 세계를 이끌 어떠한 사상도 이념도 없는 나라야. 힘과 돈만이 그들의 목표이고, 인권도 자유도 안중에 없어. 중국의 형법은 세상에서 가장 무겁고, 변호사는 피고인을 보호하는 게 아니라 국가를 대신해. 인터넷도 제한하는 나라가 세계를 지배한다고 생각해봐."

"중국도 점점 나아지고 있어요. 러시아가 나아지고 있듯이. 거꾸로 중국의 시각에서 보면 미국이 깡패요, 돈 없으면 지옥과도 같은 세계 아닐까요? 미국 흑인의 평균수명은 세계적으로도 부끄러운 수준 아녜요?"

"아이린, 우리 가문은 미국을 수호하는 사명을 지녔다. 언제나 미국의 시각에서 보고 미국을 최우선으로 해야 해."

레오의 이 말에 아이린은 어쩔 수 없다는 듯 느릿하게 대답했다.

"알겠어요."

하지만 아이린의 마음속에는 수천수만 가지 생각이 얼기설기 떠오르다 사라지기를 반복했고, 내뱉고 싶은 말들은 목구멍까지 차올랐다.

'오빠. 오빠나 성배기사단이 지키려는 게 미국인가요, 아니면 자신들의 부인가요? 당신들이 미국의 백년대계를 지킨다는 것은 핑계일 뿐, 결국 엄청난 부를 천년만년 지키려는 거지요. 미국이 쓰러지면 당신들의 달러도 휴지 조각이 되는 게 두려운 거지요? 그래서 트럼프를 미국 대통령으로 만들었고 중국을 쓰러뜨리려는 거잖아요? 중국 국민들이 열심히 일해 미국에 물건을 파는 게 그리 잘못된 건가요? 당신들이 전쟁을 일으켜 돈을 지키고, 아니 더 큰돈을 벌려고 하는 건 아닌가요? 거대한 두 마리 고래 싸움에 얼마나 많은 희생자가 나올까 생각해보았나요? 안중에 없겠지요? 얼마나 더 가지고 싶은 거예요? 트럼프든 CIA든 모두 꼭두각시로 앉혀놓고 마음대로 휘두르면서 이제 또 전쟁을 하겠다구요? 미래의 패권을 다투는 미국과 중국 간의 전쟁은 2차 세계대전이나 베트남전 같은 옛날 전쟁과는 차원이 다르다는 걸 생각해보았나요? 당신들이 아무리 미국을 지키는 수호신이라고 변명해도 당신들은 한낱 전쟁장사꾼들일 뿐이에요.'

한꺼번에 마음속 깊은 곳으로부터 아우성처럼 터져 나오

려는 목소리들을 억누르며 아이린은 자리에서 일어났다. 오빠는 고분고분해진 동생을 포옹하며 다시 한 번 귓속말로 속삭였다.

"아이린, 우리가 미국을 지켜야 해."

아이린은 웃어 보이면서 거실을 나와 자신의 방으로 갔다. 지구상 열 손가락 안에 꼽히는 다이아몬드 수저를 물고 태어난 사람의 방답게 동서고금 어느 황실의 공주방보다 찬란하게 꾸며진 이 방을 아이린은 성장기의 어느 순간부터 불편하게 느끼기 시작했었다. 가문의 부가 세계의 구석구석에 전쟁 무기를 팔아서 이루어진 것이라는 생각 때문이었는데 이제 또다시 미중전쟁 불가피론을 펴는 오빠의 말을 듣고 어떻게 해야 할지 가슴이 꽉 막혀왔다.

"인철!"

아이린은 나지막이 인철의 이름을 불렀다.

그렇다. 인철, 그가 필요하다. 그에게 알려야 한다. 그렇잖아도 인철은 갑작스레 사라진 자신을 찾기 위해 이리 뛰고 저리 뛰다 위험을 무릅쓴 채 지푸라기라도 잡는 심정으로 소치 1520포럼까지 가지 않았던가.

자신이 오빠에게 감금되어 있는 이상 이들의 음모를 분쇄

할 작은 몸짓이라도 해볼 수 있는 사람은 그밖에 없다. 그리고 북한을 도화선으로 미중전쟁이 벌어진다면 한반도는 전쟁터가 될 테고, 1천만 명이 넘게 산다는 서울이 초토화될 수도 있다. 한국인으로서 전쟁의 가장 직접적인 피해자이며 당사자가 될 수 있는 인철은 분명 달려들 테고, 그의 두뇌라면 어떤 해결책을 생각해낼 수도 있을 것이다. 그는 누구의 도움도 받지 않고 그랜드 케이맨에서 돈세탁을 거쳐 트럼프 캠프에 흘러들어간 검은 돈이 주코프의 돈일 거라는 엄청난 추측을 해내지 않았던가.

그러나 감금된 상태에서 어떻게 인철을 만나고 어떻게 이 엄청난 음모를 알릴 것인가. 인철을 불러달라고 할 수는 있겠지만 일거수일투족을 생생히 담아내는 초고성능 카메라와 녹음기 앞에서 자신이 조금이라도 위험한 말을 하면 인철은 어쩌면 영원히 햇빛을 보지 못할 것이었다.

종일 고심하던 아이린은 소치를 떠올리고는 곰곰이 생각을 이어가다 환한 얼굴이 되어 레오의 방으로 갔다.

"오빠, 마지막으로 정들었던 한 사람을 꼭 만나야 해요."

"김인철을 말하는 거니?"

"네."

"데려오마. 단, 그 사람을 사랑한다거나 다시 만난다거나 할 수는 없다. 가문의 전통이니 지켜다오."

"염려 말아요. 나는 영원히 결혼할 수 없다는 거 잘 알아요. 꼭 해야 한다면 오빠하고 하게 되어 있잖아요."

"미안하다, 아이린."

"호호. 오히려 더 좋아요."

아이린은 인철에게 편지를 써 레오에게 건넸다.

> 인철 씨, 진작에 연락드리지 못해서 미안해요. 소치는 잘 다녀갔다는 소식 들었어요. 나는 납치된 게 아니라 개인적인 사정으로 잠시 집에 머물고 있으니 걱정 말아요. 한번 놀러 오지 않을래요.
>
> ─아이린

뉴욕 맨해튼. 인철은 보디가드들의 안내를 받으며 초고층 빌딩 펜트하우스의 거실에 도착했다. 아이린이 눈앞에 나타날 때까지 자신 역시 납치라도 되고 있는 것은 아닐까 착각할 정도로 한 장면 한 장면이 그저 놀라움의 연속이었다.

"인철 씨, 다시 만나게 되어 반가워요."

인철에게 악수를 청하는 아이린의 하늘색 눈에는 우선 기쁨의 미소가 가득했다.

“놀라셨다면 죄송해요. 오빠가 납치라는 극단적 방법을 썼던 건 단지 저를 보호하기 위한 목적이었어요. 오빠는 살인 사건 수사가 바로 총격전이라 생각하니까요.”

인철은 아이린이 별안간 사람을 시켜 자신을 이런 곳으로 데리고 올 리 없다 생각하며 아이린의 얼굴에서 뭔가를 읽어 내려 했다. 하지만 아이린의 표정에 아무런 변화가 없는 것을 보고는 더욱 미심쩍기만 했다. ‘아이린은 감금 상태이고 감시당하고 있다’는 심증을 굳히며 인철이 떠보듯 말했다.

“이메일을 보내지 그랬어요. 이리 오라고.”

“호호, 명함을 다른 데 두어서 이메일 주소를 몰라요.”

“전화나 문자를 했어도 제가 왔을 텐데요.”

“그냥 모셔오고 싶었어요.”

인철은 아이린의 상태를 확실히 알아차릴 수 있었다.

‘아이린은 전화도 이메일도 못 쓰는 감금 상태이고, 지금 이 순간도 감시당하고 있다.’

“제가 사는 곳을 보여드리고 싶어 이리로 모셨어요.”

아이린은 지구상에서 가장 번화한 맨해튼의 최고급 빌딩 81층에서 인간이 누릴 수 있는 최고의 물질적 사치와 호사를 누리고 있었지만 인철이 이제껏 봐온 그녀는 이런 걸 드러내거나 자랑하는 성격이 아니었다. 게다가 평소와는 다른 아이린의 화법도 은근히 자신의 상태를 암시하고 있었다.

"아이린, 당신이 FBI 요원인 걸 의심하지는 않았지만 뭔가 보통 사람들과 다르다는 느낌은 늘 가지고 있었어요. 그렇지만 지금의 상황은 저의 모든 상상을 다 초월하는군요. 그런데 그 문신이 가문의 표시인가요?"

인철은 아이린의 오른쪽 쇄골 아래를 가리키며 물었다.

"네. 외가 쪽으로."

"왠지 대단한 가문이라는 느낌이 강하게 드는데요. 단순한 부호를 넘어서는."

"호호, 가문에 대해서는 묻지 말아요. 오빠가 싫어해요. 우리 와인이나 한잔해요. 뻬뜨뤼스로 하실래요? 로마네 꽁띠로 모실까요? 아니면 캘리포니아산 컬트 와인 스크리밍 이글이요?"

"저는 다 좋아요."

"그러면 우리 저렴한 실버 오크로 해요. 그것도 알렉산더 밸리 걸로."

해가 기울고 어둠이 내릴 무렵이라 맨해튼의 생동하는 불빛을 눈에 가득 채우며 잔을 부딪쳐오는 아이린의 모습은 가볍고 즐겁기만 했다.

"워싱턴의 클럽에서 와인 마시던 게 잊히지 않아요. 그때 우리 되게 취했었죠?"

"네, 업어가도 모를 정도로요."

"재미있는 표현이네요."

"우리 한국에서 쓰는 말이에요."

"호호, 좀 업어가지 그랬어요? 그랬으면 납치는 안 당했을 텐데요."

아이린은 인철과 처음 만났을 때 얘기부터 시작해 시종일관 깔깔댔고, 때때로 가벼운 스킨십도 도발적으로 유발했다. 인철도 마찬가지로 웃음을 터뜨리며 떠들었지만 한 겹 아래에는 신경을 곤두세운 채 아이린의 한 마디 한 마디를 곱씹어 새겼다.

"소치는 어땠어요? 흑해 연안에서 철 지난 수영이라도 했나요?"

"도착한 첫날부터 비행기에 오르는 마지막 순간까지가 다 유영이었어요. 마치 우주 공간을 헤엄치듯 했으니까요."

"주코프 사장이 잘해주던가요?"

"최고로요."

"바쁘지만 않았으면 더 잘해줬을 거예요. 그가 벨루가를 권하면 한 잔만 받아 마셔야 해요. 그걸 모르고 한 병 다 마시면 큰일 나요."

"독주인 모양이죠?"

"아니요. 주코프 사장은 재미난 얘기를 많이 알거든요. 하도 웃겨서 한 병 다 마실 때까지 얘기 들으면 몸에 힘이 다 빠져버려요. 그는 아마 그런 식으로 여자들 힘을 빼버려 집에 못 가게 하나 봐요."

"하하하하!"

"호호호호!"

인철은 크게 웃었으나 이것이야말로 오늘 두 시간에 걸친 가면무도회에서 아이린이 하고 싶었던 한마디 말이라 생각했다. 주코프가 재미있는 얘기를 많이 알고 있다는 아이린의 말이, 주코프가 뭔가를 알고 있으니 그의 얘기를 들으라는 걸로 들리자 인철은 기술적으로 말을 이어갔다.

"그런데 그 사람이 저를 그렇게 최고로 대접한 건 제가 아이린 당신의 친구라 생각했기 때문이었어요. 속으로 미안하던데요. 아무것도 아닌 저를 그렇게 중요한 사람으로 여기고 있으니."

"그는 우리 가문을 위해서라면 모든 걸 다 바칠 사람이에요."

"그런 것 같았어요. 당신의 친구라는 이유 하나만으로 그렇게 잘해주었으니. 그때 처음 헛된 꿈을 꾸게 되던데요. 아

185

이린 당신과 친구보다 더 가까운 사이였으면 하는 꿈이요. 그는 그런 걸 확실하게 구분하더군요."

인철은 주코프가 아이린의 친구로서 들을 수 있는 얘기는 여기까지라며 분명하게 선을 긋던 걸 떠올리고는 아이린에게 신호를 보냈다. 이 대목은 두 사람이 최고로 신경을 기울여 대화를 나누고 있었기에 아이린은 인철이 무얼 말하는지 금세 알아채고는 큰 소리로 웃었다.

"호호호, 약혼자라고 하지 그랬어요. 저는 평생 결혼하지 않을 거라서 이 세상 모든 남자들이 저를 약혼자라고 해도 아무 상관없어요. 호호, 결혼하지 않는 여자를 약혼녀로 두면 재미있겠어요. 그런데 인철, 당신 나 사랑해요?"

"네? 아, 아니."

"뭐예요? 예스예요, 아니면 노예요?"

"아, 아니. 하하하하."

"우리 약혼 서약서 하나 써요. 결혼 안 할 여자 아이린 B.라고 선명하게 넣어서요."

"약혼 서약서요? 그런 것도 있어요?"

"호호, 물론 세상엔 없지만 만들면 되죠."

아이린은 잠시 자리를 떠나더니 곧 한 남자를 데리고 왔다.

"오빠. 이분이 김인철 씨예요."

"미스터 킴. 나는 레오입니다. 아이린으로부터 말씀 들었습니다."

"김인철입니다."

키가 크고 미국에서도 보기 힘든 황금빛 금발을 가진 레오는 아이린과 남매임을 한눈에 알아볼 수 있었다. 그는 미심쩍은 표정으로 말했다.

"아이린이 추억을 간직하려고 약혼 서약서를 만들고 싶다는데, 이 약혼 서약서는 법적으로 어떤 효력도 없다는 건 알고 있죠?"

"물론이죠. 일종의 기념품 같은 걸로 이해하고 있습니다."

"레오, 오빠가 증인이 되어줘요. 효력은 없는 거라도 이왕이면 제대로 격식을 갖추는 게 좋잖아요."

레오는 가문의 문양이 찍힌 종이에 직접 문구를 썼다.

김인철과 아이린 B.는 금년의 마지막 날 이전에 약혼을 하기로 약속합니다. 단, 두 사람 중 어느 한 사람이 지키지 않을 경우 이 서약은 무효이며, 그에 대해 어떤 책임이나 의무가 발생하지 않음을 확인합니다.

김인철과 아이린 B.

레오폰 H.

레오는 서약서를 두 통 만들어 인철과 아이린의 사인을 받고 나서는 자신의 이름까지 적어넣었다.

"약혼 서약서가 기념품이라……. 아이린, 약혼이란 결혼을 하기로 약속하는 건데 그 약속을 하기로 또 약속했으니 세상에 이보다 더 기발한 추억이 어디 있겠니? 이렇게 하니 어떤 결혼 서약서보다도 격식 있어 보인다."

"오빠, 그런데 그 단서를 안 넣으면 무슨 벌칙이 있나요? 법적으로 말이에요. 어떻든 약속을 어겼으니 뭔가 문제가 있을까요?"

"약속을 하기로 약속한 걸 어겼다면 무슨 벌칙이 맞을까? 돈을 주기로 약속한 걸 어기면 책임이 발생한다는 건 알겠는데, 돈을 주기로 약속할 걸 약속하고 어겼다는 건데……. 하하, 이건 법학 교수에게 물어봐야겠다."

아이린의 표정이 가볍고 재미있어 보이는 데 비해 레오는 애써 즐거워하는 표정과는 달리 속내가 그리 편해 보이지는 않았다. 가문의 규칙에 따라 결혼이 금지된 아이린이 이런 서약서까지 쓰고 싶어 하는 게 마음에 걸렸기 때문이다.

"오빠, 고마워요. 이제 인철 씨를 안내해줘요."

레오는 아쉬움의 미소를 지으며 자리에서 일어나 인철에게 손을 내밀었다.

"인철 씨, 사정을 이해해주기 바랄게요."

"알겠습니다. 이제 아이린이 안전하다는 사실을 알았으니 그걸로 모든 게 다 잘됐어요."

아이린이 다가와 인철을 포옹하자 두 사람은 짙은 키스를 나누었다. 인철이 아이린의 어깨가 미세하게 떨리며 흐느끼고 있음을 감지하는 순간 아이린은 흐느낌을 멈추고 가볍게 몸을 뺐다.

"인철 씨, 행복하게 사세요. 좋은 여자 만나 멋진 결혼식도 올리고요."

아이린의 이 말에 인철은 가슴속 깊은 곳에서 뜨거운 게 치밀고 올라오는 걸 느꼈지만 잠시 눈을 감고 자제했다. 하지만 다음 순간 두 사람은 누가 먼저랄 것도 없이 와락 끌어안았다.

"잘 가요, 인철. 영원히 잊지 않을게요."

"아이린……"

안내를 받아 건물 밖으로 나온 인철은 사내들이 제공하는 차량을 거절하고 택시로 뉴욕 시내를 돌고 돌다 호텔 앞에서 내렸다. 아이린이 자신에게 주코프를 만나달라고 부탁한 이상 그것은 아이린의 신변과 관계가 있을 수도 있었고, 생각지도 못한 거대한 비밀을 드러내달라는 급박한 요청일 수도 있었다.

　어느 경우든 한시바삐 러시아로 날아가 주코프를 만나야 한다고 생각한 인철은 호텔에 방을 잡고 나서 알렉세이에게 전화를 걸었다.

36.
주코프의 좌절

'블라디미르 블라디미로비치. 당신께도 전쟁이 결코 불리한 옵션이 아닙니다. 전쟁이 터지면 구소련권 국가들이 결속될 것이고 유가 폭등으로 러시아 경제가 대번에 좋아집니다. 미국과 러시아는 산유국의 길을 같이 걸어야 합니다. 기회는 지금 이 순간뿐입니다.'

푸틴은 북경으로 향하는 비행기 안에서 지난번 사우디 왕세자의 전용기를 타고 왔던 쿠슈너가 소치의 다차를 떠나기 직전 비밀스럽게 자신에게 남긴 말들을 재차 곱씹어보았다. 쿠슈너가 남긴 말들은 계속 이어지며 귓전을 울렸다.

'러시아가 지금 중국 편에 선다면 중국에 이용만 당하게 될 것입니다.'

'중국의 야심을 너무나도 잘 알지 않습니까? 일대일로와 AIIB를 통해 주변 모든 나라를 중국의 주변국으로 만들려고 하는 게 어제오늘의 일도 아니지 않습니까. 중국이 1520 철도 국가들을 러시아 세력권에서 빼내려고 얼마나 회유합니까. 대통령께서도 불쾌해하시지 않았습니까?'

'중국몽을 이루기 위해 중국은 어떤 짓도 할 것입니다. 중국몽이 이루어지면 주변국들에게는 재앙입니다. 특히 러시아는 설 곳이 없습니다.'

'중국의 기술 수준이 이미 많은 부문에서 미국을 앞서고 있어요. 몇 년째 세계 1위를 달리는 슈퍼컴퓨터부터 원전을 비롯한 각종 에너지는 물론이고, 중국군은 항공우주 관련 기술과 세계 최고 성능을 자랑하는 ICBM, 세계 최고의 잠수함도 보유하고 있습니다. 5년에서 7년만 있으면 중국은 미국과 당당히 맞서게 될 것입니다. 중국이 러시아와 같이 가는 것은 딱 그때까지입니다.'

전용기가 베이징 공항에 도착하자 푸틴은 손을 가로저어 각종 환영행사를 생략하고 곧바로 중난하이의 시진핑 집무실로 향했다.

"시 주석, 오랜만이오."

호루시초프와 마오쩌둥 간의 대립이 있은 이후 교조주의와 수정주의로 갈라져 공산진영의 주도권을 놓고 대립을 계속하던 두 나라는 고르바초프와 옐친을 거치며 거의 정상화가 되었고, 푸틴이 대통령이 되면서부터 두 나라는 본격적인 협력관계를 구축하기 시작했다. 이 협력관계는 날로 친밀해져 이제 두 나라는 매년 정상이 교차 방문하고 있으며 고위관리와 지도자들 역시 수시로 방문함은 물론 중국은 러시아의 날을, 러시아는 중국의 날을 지정해 경제협력에서 문화협력까지 전방위로 관계를 밀착시켜 나가고 있었다.

　특히 두 나라는 최근에 이르러 북한 핵문제에 대해 보조를 맞추어 미국을 견제하며 중러 함대의 합동훈련을 실시함으로써 안보 분야의 협력 또한 강화해나가고 있는 중이었다.

　"블라디미르 블라디미로비치! 여행은 즐거웠나요?"

　"여기 로스네프트의 키릴로프 사장이요."

　두 사람이 인사를 교환하는 사이 푸틴이 농담을 던졌다.

　"키릴로프, 자네 회사에 100억 달러를 주시는 분이니 업고 집무실을 한 바퀴 휘 돌게. 내가 자네라면 죽을 때까지 등에 업고 내려놓지 않겠네."

　중국 정부의 러시아 국영 석유회사 로스네프트 투자 조인식이 끝나고 나자 시진핑과 푸틴은 두 사람만의 밀실 회합을 가졌다.

"부탁이 있어요."

시진핑의 타이밍에 푸틴은 속으로 웃었다. 100억 달러를 주면서 하는 부탁이라면 그것이 무엇이든 자신은 거절할 수 없다는 생각을 하며 푸틴은 짐짓 신중한 표정으로 귀를 기울였다.

"뭐든 편하게 얘기합시다."

"철도공사 사장 주코프를 교체할 수는 없는지요?"

"주코프를요?"

푸틴은 보통 일은 아닐 거라 예상했지만 이것은 그야말로 뜻밖이었다.

"네."

"무슨 일이라도 있습니까?"

"무슨 이유인지 몰라도 그는 입만 벌리면 반중국 선동을 하고 있습니다. 특히 우리의 일대일로 공사에 대해서 적대적이다 못해 파괴적이에요. 투르크메니스탄, 몽골, 우즈베키스탄, 아프가니스탄 할 것 없이 온 동네 사람들 다 모아놓고 반중국 선동을 하고 있단 말입니다. 심지어는 신장 위구르, 티베트에 이르기까지 명백한 중국 영토 내의 인민들에게도 반중국 논리가 공급되고 있으니 도저히 그냥 넘길 수가 없습니다."

"불러서 야단을 치죠."

"이미 그렇게 해서 될 단계는 넘었습니다. 그를 자르지 않으면 일대일로 공사를 접어야 할 것 같습니다."

시진핑은 담백한 표정으로 얘기했지만 푸틴은 피해 가기 어려운 압박감을 느끼지 않을 수 없었다. 중국이 아무리 컸다 해도 자신의 최고 심복이자 이인자인 주코프를 자르라는 건 정도가 지나쳐도 한참 지나친 것이었지만 푸틴은 곰곰 생각하다 고개를 끄덕였다.

"알겠습니다. 조치하죠."

"감사합니다."

그날 밤 푸틴은 평소와 달리 시진핑이 베푼 만찬만 끝내고 방으로 돌아와 문을 걸어 잠근 채 깊은 생각에 잠겨들었다. 요즘 와서 중국과의 관계는 역사상 유례가 없을 정도로 가까워졌지만 푸틴은 두 나라 사이에 근본적으로 존재하는 불신을 오늘 밤 그 어느 때보다 절실히 느끼고 있었다.

국경 문제는 일단 봉합해두긴 했지만 언제라도 터질 수 있는 문제였고, 무엇보다 극동 접경 지역의 인구 불균형은 머지않아 거대한 충돌을 야기할 것이었다. 중국 동북부는 미어터질 정도로 인구가 넘쳐나는 데 비해 극동 지역의 러시아

인구는 희박할 대로 희박해 중국인들이 국경선을 마구 침범해오는 것이었다.

푸틴은 시진핑이 주코프를 자르라고 강요해오는 건 결국 중앙아시아의 패권을 거머쥐겠다는 야욕이나 다름없다는 걸 너무도 잘 알고 있었다. 주코프는 1520포럼을 통해 러시아 부활운동을 전개해온 대표적 애국인사였고 이는 자신의 뜻이기도 했다.

"중국 놈들!"

시진핑이 무리한 부탁을 해왔을 때 푸틴의 머릿속에 떠오른 인물은 바로 쿠슈너였다.

'블라디미르 블라디미로비치, 중국이 진정 러시아의 친구라 생각한다면 그건 오산입니다. 시베리아에서 중국 동부로 내려오는 가스 가격 협상을 10년이나 끈 걸 생각해보세요. 중국인들은 말로는 영원한 동반자 어쩌고 하면서 단돈 8달러를 가지고 10년을 끄는 놈들입니다. 유럽에 공급하는 가격이 380달러라면 그보다 수송가가 훨씬 높은 중국 동부로의 공급은 당연히 390달러 정도가 되어야죠. 그렇게 해줘야 전략적 동반자 아닙니까? 우리 미국이라면 400달러는 해줍니다. 그런데 388달러 제시한 걸 그놈의 8달러 깎겠다고 10년을 다투는 걸 보세요. 이제 조금 있으면 러시아 유가는 그들이 부르는 게 값이에요. 중국은 현재 3천만 배럴을 목표로 저장 시설을 짓고 있어요. 그게 다 저장되면 그때부터 이들이 세계 유가를 쥐고 흔듭니다. 이들은 자기네 원유는 손도 안 대고, 국제 유가가 떨어질 때면 살인적인 양을 비축하고 또 비축합니다. 우리 산유국들이 단결하지 않으면 헐값에 허덕이며 시간만 까먹어요.'

다음 날 시진핑은 푸틴의 숙소로 찾아와 작별 인사를 했다.

"블라디미르 블라디미로비치, 중국과 러시아는 영원히 같이 걸어 나갑시다."

"물론이오. 주코프는 내가 시 주석께 드리는 선물이자 결혼반지요."

"결혼반지? 하하하하, 좋아요, 좋아. 우리 두 사람이 중국과 러시아의 혼례를 성사시킵시다."

푸틴은 시진핑을 따라 웃었으나 공항으로 향하는 자동차에 올라타는 그의 입꼬리에는 의미를 알 수 없는 야릇함이 머물러 있었다.

37.
푸틴의 돈

"미스터 킴!"

모스크바 공항에서 인철을 기다리고 있던 알렉세이는 진심으로 반갑게 인철을 맞았다.

"시간이 이르니 먼저 사무실에 가서 차나 한잔하고 호텔로 가시죠. 주코프 사장님께서 기다리고 계십니다."

모스크바 시내에 자리한 고풍스런 제정 러시아 시대 건물의 철도공사 사장 집무실에서 주코프는 반갑게 인철을 맞았다.

"아, 인철. 이거 정말 반갑소. 여기까지 찾아줄 줄은 꿈에도 몰랐소. 그래, 아이린은 잘 지내고 있소?"

"네. 며칠 전 아이린과 레오랑 같이 얘기를 나누었어요."

주코프는 남매의 이름을 듣는 것만으로도 설레는 모양이

었다.

"물론 그 자리에서 알렉산드르 당신이 소치에서 내게 최고로 잘해주었다는 얘기도 했어요."

"고맙소."

인철은 도대체 왜 러시아 철도공사 사장이자 푸틴의 최측근이라는 든든한 신분을 가진 주코프가 미국의 아이린 남매에게 쩔쩔매는지 궁금해서 견딜 수가 없었다. 같은 미국인이라면 어떤 관계가 있을 수도 있겠지만 미국인과 러시아인 사이에 이토록 엄격한 위계가 있다는 사실은 도저히 이해할 수 없는 것이었다.

"어째서 아이린에게 그렇게 잘해주시는 거죠?"

"인철이 아이린과 가까운 친구라는 건 알지만 친구에게는 할 수 없는 얘기요."

인철은 가방에서 약혼 서약서를 꺼냈다.

"친구보다는 조금 더 가까운 사이예요."

폰 H. 가문의 문장이 찍힌 서약서에서 아이린과 레오의 사인을 확인하는 순간 주코프는 사람이 달라진 듯 앉아 있던 상석에서 일어나 인철에게 자리를 양보했다. 인철이 계속 손을 내저으며 제지하자 그는 인철의 맞은편에 앉아서 이야기를 시작했다.

"지난 볼셰비키 혁명 때 폰 H. 가문이 막대한 돈을 써 시베리아 유형지에서 죽음 직전에 다다른 우리 주코프 집안을 살려주었소. 사정은 좀 복잡하지만 그렇게 이해하면 편할 거요."

"폰 H. 가문이 그럴 만한 특별한 이유가 있나요?"

"우리 조부님께서 독일 황실인 폰 H. 가문의 서기를 지내셨소. 은퇴할 때 그 가문으로부터 큰돈을 받아 러시아로 돌아왔는데 그만 반혁명분자로 몰려 돈을 다 빼앗기고 유형지로 끌려간 거요. 그 소식을 들은 폰 H. 백작이 막대한 돈을 혁명위원회에 헌납하고 유형지까지 찾아와 조부를 구해내신 거요. 그게 첫 번째 은혜요."

"또 있나요?"

"나를 제외한 모든 집안사람이 전 세계 곳곳에 자리 잡고 있는 그 가문 소유의 기업에서 고위직으로 일하고 있소. 그게 두 번째요."

"세 번째는요?"

"우리 집안과 그 가문 사이에는 200년간 유효한 계약이 있소."

"어떤 계약인데요?"

"조부님과 폰 H. 백작의 관계를 그대로 이어가는 계약이오. 그래서 주코프 집안사람들은 성년이 되면 가장 먼저 그 계약서에 서명을 하게 되어 있소."

"반대하는 사람은요?"

"가족사를 알면 아무도 반대하지 않소."

인철은 어딘지 약간 맥이 빠지는 기분이었다. 뭔가 신비한 조직이 뒤에 있는 줄 알았더니 모든 건 폰 H. 집안과 주코프 집안의 사적인 관계였다. 하지만 인철은 이내 행운을 만났다는 생각에 기분이 좋아졌다. 어떻든 주코프는 알고 있는 거라면 뭐든 인철에게 얘기해줄 수밖에 없는 사람이었다. 인철은 마치 알라딘이 마술램프에서 나온 지니를 시험하는 기분으로 들떴다.

"지난번에 쿠슈너가 소치에 찾아와 제안한 건 어떤 내용이었나요?"

"미국과 중국 간에 무력충돌이 일어났을 때 러시아가 개입하지 말라는 거요."

"앗!"

인철은 직감적으로 북한 핵문제를 떠올렸다. 미국이 중국과 무력충돌을 일으킨다는 건 그전에 반드시 북한을 공격한다는 전제가 깔려야 하는 것이었다. 미국은 북한 핵의 해결수단으로 군사행동을 검토했을 테고, 그에 따라 중국의 개입에 대해서도 여러 경우의 수를 두고 연구해왔을 것은 불문가지였다. 그런데 이제 쿠슈너가 러시아를 찾아왔다는 건 미국의 공격 개시가 임박했다는 얘기였다.

"미국이 중국을 때릴 가능성이 있나요? 중국이 수백 기의 ICBM을 보유하고 있는데요."

"쿠슈너가 가고 난 후 블라디미르와 함께 군사 전문가들의 견해를 들었소. 전문가들은 전쟁이 전개되는 양태에 따라 중국이 ICBM을 쏠 수 있는 경우가 있고, 없는 경우가 있다고 했소. 그들은 중국이 ICBM을 쏠 수 없는 방향으로 미국이 전쟁을 연구했을 거라는 일치된 의견을 냈소. 그래서 그런지 쿠슈너는 중국이 절대 ICBM을 쏠 수 없다 확신했소. 그건 이미 그들이 연구를 마쳤다는 얘기요."

"러시아는 어떻게 할 생각이죠?"

"블라디미르의 마음이 크게 움직였소. 나는 본래부터 중국이 아니라 미국과 손잡아야 한다고 생각했지만."

"1520 때문에요?"

"바로 그렇소."

"미국은 언제 중국을 때린다고 합니까?"

"정확한 시점에 대한 얘기는 없었지만 아마 임박했을 거요. 미국과 북한의 동향을 잘 지켜보아야 할 거요."

"그들이 러시아에 통보하지 않을까요?"

"절대 하지 않소. 미국이란 나라는 그야말로 아무도 모르고 있을 때, 남들이 전혀 짐작할 수 없을 때 전광석화같이 때리는 나라요. 역사가 그걸 보여주고 있잖소."

"그러면 지금부터 아무 때나 행동이 가능하단 얘기군요."

"바로 그렇소."

"미국이 먼저 북한을 때리는 거죠? 중국이 개입하지 않을 수 없는 방법으로?"

"당연히 그렇게 하지 않겠소?"

"러시아가 찬성하고 안 하고가 그들의 행동에 영향을 주겠죠?"

"절대적일 수밖에 없소."

"레오에게는 주코프 당신이 알려주었겠죠?"

"당연히 나는 그에게 알려야 하오. 하지만 그는 내가 알리기 전에 이미 알고 있었소. 그는 알 수밖에 없소."

"어째서요?"

"여덟 가문의 동의와 도움 없이는 트럼프가 전쟁을 결심할 수도, 실행할 수도 없소. 그들이 실제적으로 미국을 움직이니까."

"돈으로?"

"그렇소. 미국은 돈으로 움직이는 나라요. 잘 아시다시피 여덟 가문의 재산은 나머지 미국의 전 재산보다 많으면 많았지 적지는 않을 거요."

"그럼 빌 게이츠 같은 사람도 그 여덟 가문에 들어가 있나요?"

주코프는 고개를 가로저었다.

"개인인 빌 게이츠는 제일가는 부자일지 몰라도 그에게는 가문이 없잖소? 빌 게이츠 같은 사람 십수 명이 모여 있는 가문 말이오."

인철은 내친 김에 제3인베스트먼트의 자금도 물으려다 약간의 갈등을 느꼈다. 자신이 정체를 숨기고 주코프에게 묻는 것은 법률 위반이 될 수도 있었지만, 무엇보다 양심상 주코프에게 물어 확인한 다음 그걸 러시아 세무당국에 알려 과세를 하고 처벌을 하게 한다는 건 어딘지 내키지 않았던 것이다. 곰곰이 생각하던 인철은 자신의 행위가 법적으로도 인간적으로도 옳지 않다는 데 생각이 미쳤다. 하지만 고발을 전제하지 않는다면 흥미 삼아 물어볼 수는 있는 일이었다.

"그런데 제3인베스트먼트의 돈은 당신 건가요, 아니면 러시아 철도공사의 돈인가요?"

"그건 내 돈도, 철도공사의 돈도 아니오. 그건 블라디미르의 돈이오."

"넷?"

인철은 경악했지만 동시에 머릿속이 확 밝아지는 느낌이었다. 주코프가 아닌 푸틴이 돈의 주인이라면 주코프가 바로 이브라힘이라는 얘기였다. 인철은 이제까지와는 달리 주코프를 향한 분노에 휩싸여 네가 요한슨에게 2천만 유로를 주며 자살을 강요한 놈이냐고 외쳐 묻고 싶었지만 간신히 참아냈다.

"왜 그렇게 놀라는 얼굴이오? 뭐가 잘못된 거라도 있소?"

"푸틴은 자신의 돈이 드러나는 걸 극도로 기피할 것 같은데요."

"그야 당연한 일이오."

"알려고 드는 사람이나 알게 된 사람은 그냥 두지 않겠죠?"

인철은 사실을 확인하기 위해 유도 질문을 던졌다.

"꺼리긴 하지만 누군가 알게 되었다고 어찌하겠소? 돈이 한두 군데 있는 것도 아니고 전 세계에 널려 있는데, 아무리 숨기려 해도 누군가 알게 될 수밖에 없지 않겠소?"

"그럼 어떻게 입을 막나요? 돈을 주고 회유하나요?"

"그까짓 걸 알았다고 돈을 줄 리 있소? 복잡한 일이 생기기 전에 다른 곳으로 옮기면 그만인데."

의외로 주코프는 돈 주인이 푸틴인 걸 알게 된들 무슨 대수냐는 식이라 인철은 잠시 혼란에 빠졌으나 이내 주코프의 말이 맞다는 생각이 들었다.

그는 푸틴의 돈이 전 세계에 흩어져 있다 말하고 있었고, 그러다 보면 당연히 알게 되는 사람이 꽤 생길 것이었다. 그럴 때마다 2천만 유로씩을 준다는 건 턱에 닿지 않는 얘기라 요한슨이 단순히 제3인베스트먼트의 돈이 푸틴의 소유라는 걸 알아낸 걸로 2천만 유로를 받았을 리는 없을 것이었다. 그렇다면 요한슨이 알아낸 건 훨씬 더 커다란 비밀이었을 것이다. 예를 들면, 전 세계에 숨겨진 푸틴의 돈 전부와 같은.

푸틴의 돈 전부에 대해 물었을 때 과연 주코프가 제대로 대답을 할 것인지 고민하던 인철이 한번 부딪쳐보려는 생각으로 말문을 떼려는 순간 날카로운 벨소리가 울렸다. 주코프는 얼른 책상 앞으로 가 각각 색깔이 다른 다섯 대의 전화기 중 빨간색 전화기를 들었다.

"알렉산드르."

"블라디미르, 중국은 잘 갔다 왔나? 키릴로프가 시진핑에게서 100억 달러를 받아왔다고 축하주 마시자던데."

"알렉산드르, 미안하지만 잠시 쉬어야겠네."

"쉬라고? 철도공사 사장을 그만두라는 얘기야?"

"그렇네."

"무슨 소리야? 왜 날 내쫓는 거지?"

"잠자코 부탁을 들어주게."

"흐흐, 시진핑 그놈이 쏠았군. 이봐, 블라디미르 블라디미로비치, 중국에게 다 내주겠다는 거야? 그놈들의 알량한 돈 몇 푼 좇다 보면 결국 비참하게 버림받고 말아."

"내게도 생각이 있으니 따라주게. 나는 미국으로 하여금 중국을 공격하도록 할 거야. 그런 다음 미국과 같이……. 아무튼 내게도 생각이 있으니 기다려주게."

"생각은 개뿔! 그래, 이까짓 자리쯤이야 그만두라면 그만두겠네. 하지만 자네, 역사의 실수를 저지르고 있다는 건 알아두게."

"미안하네."

주코프는 분노에 차 전화를 먼저 끊어버리고는 주먹으로 책상을 내리쳤다. 이때 문이 열리면서 몇 사람의 사내가 들어서서는 주코프를 향해 정중하게 요구했다.

"사장님, 짐 정리하실 동안 저희가 입회하겠습니다. 지금부터는 전화도 문자도 이메일도 하시면 안 됩니다."

"뭐라고? 입회? 푸틴, 너 정말 내게 이럴 수 있어?"

주코프는 분노에 가득 찬 눈을 인철에게 돌려 뭔가를 말하려다 어딘가에 생각이 미친 듯 입을 꾹 다물고 말았다.

"죄송하지만 나가주시겠습니까?"

사내들 중 하나가 인철과 주코프 사이를 가로막고 나가줄 것을 요구했지만 인철이 움직이지 않고 버티자 주코프가 사정하듯 말했다.

"인철, 이만 작별해야 할 것 같소."

"러시아에선 국영기업의 사장이 다 이런 식으로 그만둡니까?"

"철도공사에는 푸틴이 숨길 게 많아서 그렇지. 다음에 만나기로 합시다."

"괜찮은 거죠?"

"나를 한동안 격리시켜놓을 거요. 그동안 내가 접속하던 모든 비밀정보의 패스워드를 바꾸고 그 이상의 무언가를 하겠지. 그러나 걱정할 것은 전혀 없어요."

주코프는 사내 중 한 사람에게 손짓으로 인철을 안내하라고 지시했고, 사내는 정중히 인철에게 방에서 나갈 것을 요구했다. 인철은 자리에서 일어나며 주코프에게 악수를 건넸다.

"다음에 봅시다. 알렉세이가 안내해줄 거요."

호텔로 가는 자동차 안에서 인철은 알렉세이를 상대로 이것저것 물어보았으나 알렉세이는 중국에서 100억 달러를 받고 난 푸틴이 주코프 사장을 제거해달라는 시진핑의 요청을 거절할 수 없었을 거라는 짐작 외에는 별로 아는 것 없이 분노만 터뜨렸다.

"달리 이유는 없을까요?"

인철은 마음에 하나 걸리는 게 있었다. 지난번 소치의 포럼에서 주코프가 "표트르, 비테, 푸틴, 1520"을 외쳤을 때 푸틴이 서릿발같이 싸늘한 눈길로 주코프를 쏘아보던 기억이 떠올랐다. 분명 그를 칭송하는 기분 좋은 말이었건만 그렇게 화를 낸 이유가 무엇이란 말인가.

"다른 이유? 푸틴이 주코프 사장을 해임할 이유 말입니까?"

"그 외 짐작 가는 게 없어요?"

"전혀 없는데요."

자동차가 가다 서다를 반복하는 동안 인철은 눈을 감고 아까 주코프가 자신에게 뭔가를 말하려다 그만두었던 걸 떠올렸다. 사내들이 있는 데서 얘기했다간 자신에게 해가 미칠 걸 염려해서였을 것이고, 직전의 화제로 미루어 그가 얘기하려 했던 건 푸틴의 돈일 것이었다.

곰곰이 생각하던 인철은 문득 알렉세이를 향해 외치듯 물었다.

"알렉세이, 당신은 주코프 사장의 집을 알 거 아니오?"

"물론입니다."

"그리 갑시다. 그리고 가장 빠른 한국행 비행기 표를 사줄래요?"

인철은 알렉세이에게 신용카드를 내밀었다.

"오늘 밤에 출발하는 편 말입니까?"

"네. 부탁할게요."

주코프의 저택에 당도하자 알렉세이는 벨을 누르고 인철을 집 안으로 안내했다. 인철은 주코프 부인과 인사를 나누고 나서 알렉세이를 보냈다.

"알렉세이, 나를 데리러 오지는 말아요. 나중에 다른 호텔에서 만납시다."

"인터컨티넨탈 모스크바 트베르스카야에서 기다릴게요."

인철과 단둘이 마주 앉은 주코프 부인은 남편의 해임 소식과 함께 인철이 내놓은 폰 H. 가문의 문장이 들어간 약혼 서약서를 보고는 놀라는 표정이었다.

"급히 남편의 컴퓨터가 필요합니다."

주코프의 부인은 발걸음을 빨리해 인철을 서재로 안내했다. 인철의 뒤에 선 채 컴퓨터가 부팅되기를 기다리던 주코프 부인은 걱정스러운 표정을 지으며 말했다.

"언젠간 이런 일이 생길 줄 알았어요. 그이는 푸틴의 돈을 다루니까요. 푸틴의 돈을 다루면 반드시 결과가 좋지 않아요. 가즈프롬 사장 샤토프를 보세요. 실컷 돈을 벌어다 주고 쫓겨났잖아요."

"그는 부패 범죄를 저질러 체포된 줄 알았는데 그게 아닌가요?"

"푸틴의 돈을 벌어준 게 부패라면 부패지요."

컴퓨터가 부팅되자 화면에 비밀번호를 입력하라는 명령어가 떴다.

"아, 어떡하죠? 저는 비밀번호를 모르는데."

"어디 적어둔 게 없을까요?"

"제가 알기로는 없어요. 하지만 해볼게요."

주코프 부인은 은행 계좌번호라든지 생년월일이라든지 금고 비밀번호라든지 가능한 모든 번호를 다 넣어보았지만 실패하자 낙심한 표정으로 일어났다.

"비밀번호는 그이만 알고 있어요."

주코프 부인은 남편의 번호를 눌렀으나 전화기에서는 전원이 꺼져 있다는 멘트만 반복해서 나왔다.

"표트르, 비테, 푸틴, 1520을 쳐보실래요? 지난번 소치

1520포럼에서 주코프 사장이 그 구호를 외치자 푸틴이 매우 분노한 눈길로 주코프 사장을 노려보기에 혹시 무슨 비밀이라도 노출했나 하는 생각이 들었거든요."

주코프 부인은 다시 자리에 앉아 '표트르, 비테, 푸틴, 1520'을 컴퓨터에 입력했다.

"아!"

"오오!"

멋진 추리였다. 한동안 두 사람을 한없이 답답하게 잡아두던 컴퓨터가 거짓말처럼 열렸다. 인철은 주코프 부인이 푸틴이라는 이름이 붙은 파일을 하나씩 열 때마다 화면에 떠오르는 셀 수도 없는 은행과 투자회사와 전 세계의 기라성 같은 대기업과 거기에 밤하늘의 별처럼 흩어져 숨어 있는 천문학적 숫자들을 보고 경악하지 않을 수 없었다.

"USB 가지신 거 있어요?"

"네."

인철이 파일을 웹하드에 저장하고 USB에 담는 순간 집 주위를 감시하는 카메라에 세 대의 자동차가 들어서더니 이어 요란한 벨소리가 났다.

딩동! 딩동!

주코프 부인은 얼른 컴퓨터를 끄고 현관에서 인철의 신발을 가지고 와 인철에게 신긴 다음 카펫을 조금 걷고 마룻장을 처들었다.

"아!"

마치 영화에서처럼 시커먼 구멍이 드러나자 주코프 부인은 말없이 손을 흔들어 작별을 고했다.

"너무 큰 폐를 끼쳤습니다."

"폰 H. 가문을 이렇게 도울 수 있어서 기뻐요."

요란한 벨소리가 계속 들리는 가운데 인철은 주코프 부인의 손을 한 번 꼭 쥔 다음 구멍 속 사다리에 발을 디뎠다.

38.
전쟁의 논리

트럼프는 백악관의 스테이트 다이닝룸에 13인의 주요 인사를 초대해 만찬을 베풀었다. 이날 모인 사람들의 면면은 의회 중진, 대형 군수업자들, 대부호 등으로 다양했지만 한결같이 각 분야의 정상을 차지하고 있는 사람들이었다.

이날은 평소와는 달리 다양한 술이 제공되지 않고 단 한 종류의 술만이 만찬장에 나왔는데 그것은 스코틀랜드 산 싱글몰트 위스키 글렌고인이었다. 약간의 와인 외에는 술을 별로 마시지 않는 트럼프는 일생일대의 승부를 펼칠 때면 바로 이 술을 딱 한 잔 마시곤 했는데, 대장장이의 골짜기에서 만들어진 이 술은 그에게는 바로 전쟁의 술이었다.

테이블에서 접시가 다 치워지고 나자 트럼프는 앞으로 나섰다.

"존경하는 미국의 지도자 여러분. 오늘 나는 중대 발표를 하고자 여러분들을 백악관으로 초대했소."

그는 서두의 인사말을 마친 후 테이블에 앉아 있는 13인과 일일이 눈을 맞추었다.

"내가 대통령 선거에 나선 건 단 한 가지 이유에서였소."

그는 다시 한 번 좌중을 훑어본 후 힘 있게 내질렀다.

"내 가슴속에는 참을 수 없는 분노가 도사리고 있었기 때문이오. 그 분노란 지난 30년간 어째서 미국이 이토록 비참한 처지로 떨어졌느냐 하는 의문과 맞닿아 있었소."

트럼프의 얼굴은 조금씩 붉은색을 띠기 시작했다.

"미국은 위대한 나라였소. 70여 년 전 미국은 태평양과 유럽에서 두 번의 큰 전쟁을 치렀고 둘 다 승리했소. 그 후 50여 년간 세상의 모든 나라들을 다 먹여 살렸소. 태평양에서는 일본을 살리고 중국을 살렸으며 한국을 살렸소. 유럽에서는 영국을 살리고 프랑스를 살리고 심지어는 전범국 독일까지 살렸소. 우리는 전 세계 거의 모든 나라에 안보를 제공했고 원조와 차관을 제공했으며 민주주의를 심었소. 그 결과 세계는 안전해졌고 분쟁은 줄었으며 많은 나라가 번영했소."

트럼프의 얼굴은 점점 시뻘겋게 달아올랐다.

"하지만 이들 중 그런 고마움을 아는 나라는 하나도 없었소. 모두 자신들이 잘해서 번영했다고 생각하지 미국에 고마워하는 나라는 단 하나도 없소. 오랜 세월 그토록 많은 미국의 자원이 그들에게 건네지고 그토록 많은 미국인들이 그들을 위해 땀과 피를 바쳤지만 지금 그들은 미국을 위해 티끌만큼의 희생도 하려 들지 않고 미국의 공로를 인정하지도 않소."

몇 사람의 손바닥에서 박수 소리가 나왔다.

"개중에는 오히려 미국을 적대시하는 나라들도 있소. 여러분, 우리 미국이 무엇을 잘못했기에 그들이 우리를 적대시하는 거요? 우리는 오랜 시간 공산주의를 멸망시키기 위해 투쟁했고 모든 나라들이 그 득을 보았지만 고마워하기는커녕 오히려 증오를 퍼붓고 있소."

트럼프는 진정하려는 듯 얼음물을 한 잔 마시고는 숨을 골랐다.

"우리가 정의롭고 정당한 행동을 했음에도 이렇게 무시당한다면 도대체 무슨 이유로 그런 짓을 계속하겠소? 나는 지난 30여 년간 우리 미국의 지도자들이 너무나 무능했고, 무엇보다 우리의 조국인 미국을 버렸다고 생각하오. 자신의 나라 미국을 버리고 남의 나라를 위해 죽자고 뛰었다고 생각하오. 그래서 온 가슴에 분노가 차올랐고, 결국 대통령으로 나선 거요."

트럼프는 목소리를 낮추었다.

"미국은 점점 가라앉고 있소. 그렇게 우리가 희생하며 도와줬던 나라들이 이제는 우리를 사정없이 약탈하고 있소. 우리로 말미암아 살아난 나라들이 지금은 하이에나 떼처럼 우리를 약탈하고, 우리의 살과 피를 뜯고 마시고 있소. 나는 이들을 그냥 두지 않겠소. 그들이 우리에게서 약탈해간 재산을 도로 빼앗아올 것이오. 미국이 정당하고 정의로운 행동을 한 대가가 미국의 몰락이라면 나는 더 이상 그 영역에 머무르지 않겠소. 수단과 방법을 가리지 않고 나는 미국의 이익을 위하여 행동하겠소. 지금 한반도 해역에 우리의 항모들이 대기하고 있지만 전 세계는 나를 잘못 보고 있소. 북한 핵은 처음부터 지금까지 나의 관심사가 전혀 아니오."

사람들은 갑자기 엉뚱한 말이 튀어나오자 모두 놀란 얼굴로 트럼프의 입가를 주시했다. 워낙 어디로 튈지 모르는 인물이지만 지금의 이 발언은 도대체 알아듣기조차 어려운 말이었다.

"북한은 나의 최종 타깃이 아니오. 국제적 비난만 바가지로 받고 정권이 넘어가든 난민이 터져 나오든 골치 아픈 결과를 다 떠맡은 채 헤아릴 수도 없는 돈을 퍼부어야 될 텐데, 대체 무슨 이유로 그런 바보짓을 한다는 말이오? 나는 북한이 아니라."

트럼프는 여기서 작심했던 한마디를 하려는 듯 말을 끊고 한 사람 한 사람의 얼굴을 다시 한 번 찬찬히 들여다보고 나서 최후의 한마디를 내뱉었다.

"최악의 약탈자 중국을 상대로 우리의 돈을 되돌려받고자 하는 거요."

한 사람이 자리에서 일어나 트럼프에게 물었다.

"대통령 각하, 중국을 상대로 돈을 돌려받는다는 말의 뜻은 무엇입니까?"

"나는 중국을 상대로 전쟁을 하고자 하는 거요."

순간 넓디넓은 스테이트 다이닝룸은 완전한 정적에 묻혀버렸다. 13인 중에는 성배기사도 몇 명 있었고 대략은 트럼프가 매우 공격적인 발언을 할 것으로 짐작은 하고 있었지만, 이렇게 노골적으로 중국과의 전쟁을 선언할 걸로는 생각하지 못했기 때문에 침묵은 한동안 계속되었다. 트럼프 역시 한동안 침묵을 지킨 후 천천히 입을 열었다.

"하룻밤 자고 나면 중국에는 달러가 쌓이고 미국에는 적자가 쌓이고 있소. 이것은 어제오늘의 일이 아니라 지난 수십 년간 계속되어왔고, 앞으로도 이것을 멈출 방법이 없소. 이대로 가면 미국은 조용히 몰락하고 마는 거요. 시간이 이제 5년도 안 남았소."

"대통령 각하, 전쟁을 하면 역전이 가능합니까?"

"그렇소. 나는 중국과 무력충돌이 발생하는 순간 선전포고를 하고 중국이 가진 3조 5천억 달러의 현금, 1조 5천억 달러의 미국 채권, 국가에 신고되지 않은 민간 보유 현금 2조 5천억 달러에 대해서 무효 선언을 할 거요. 즉 종잇장으로 만들어버릴 거요. 일단 7조 5천억 달러의 이득을 보는 조치요."

트럼프는 자신만만한 표정이었고 목소리 또한 우렁찼다.

"게다가 선전포고와 동시에 달러 가치는 천정부지로 치솟소. 우리는 이때 헐값으로 모든 국제 채무를 청산하고 달러의 건전성을 확보할 수 있소. 유가 또한 급등하고 전쟁 후에도 오랫동안 초상승세를 유지하기 때문에 미국은 최소 30조 달러 이상의 이득을 볼 거요. 그러면 우리 미국은 새 출발을 할 수 있소."

"대통령 각하, 전쟁으로 이득을 보는 것이 과연 미국의 정신에 맞는 것입니까?"

"조금 전 말했듯 미국은 50년 이상 전 세계를 위해 봉사했고, 희생했소. 그리고 그 결과로 이 지경이 된 거요. 지금 정부의 재정적자는 20조 달러이고 우리 국민의 가계부채 총액은 12조 달러요. 얼마 전 우리 정부가 공무원에게 봉급을 지불하지 못했던 모라토리엄을 떠올려보시오. 지금 미국은 죽느냐 사느냐 기로에 서 있소."

"각하, 우리 모두 비슷한 생각이라 믿습니다. 그런데 중국과 전쟁을 시작할 근거가 있습니까?"

"우리에게는 멋진 도화선이 있소. 바로 깡패국가 북한이오. 나는 핵무기만을 이유로 북한을 공격하는 건 싫지만 중국으로 옮겨갈 도화선으로서 북한은 만점이오. 우리는 지금 이 시간 이후 아무 때나 이들의 핵과 미사일을 공격할 수 있소. 그리고 중국은 북한 접경에 15만이나 되는 거대한 병력을 주둔시키고 있소. 이들을 끌어들여 충돌하는 건 아주 쉬운 일이오."

트럼프의 계획은 그리 황당하지만은 않았다.

"중국이 나라의 존망을 걸고 달려들지 않는 한 핵전쟁은 걱정할 필요 없소. 만약 핵전쟁이 일어난다 해도 중국은 핵을 몇 발 발사할 수도 없소. 대신 그 결과는 중국이라는 나라의 완전한 실종이오. 지구상에 더 이상 존재하지 않는다는 뜻이오."

"러시아는요?"

"나는 오래전부터 러시아와 교감해왔소. 최근에는 푸틴에게 모든 걸 털어놓았고, 그는 우리와 같은 길을 걷기로 했소. 러시아는 상관하지 않을 것이오."

"대통령 각하, 어쩐지 북한이 아니라 우리 미국이 깡패국가 같은 기분이 드는군요."

"어쩔 수 없소. 이런 충격요법을 쓰지 않고서는 미국은 도저히 살아날 길이 없소. 지난 50여 년간 전 세계를 살려온 탓이오. 지금 우리에게는 다른 어떤 옵션도 없소. 우리가 지난 50여 년간 그들에게 주었던 것을 조금 돌려받는 것 외에는."

트럼프는 흉중에 있던 마지막 한마디를 내뿜었다.

"나는 많은 연구를 했소. 그간 북한의 핵위기를 최대한 고조시켰고, 러시아와 관계를 유지해왔고, 일본을 더욱 깊숙이 끌어당겼소. 여러분, 내게 용기를 주시오. 지금 이 순간밖에는 우리가 군사력을 써볼 기회조차 없소. 내가 세상의 모든 비난과 원망을 안고 가겠소. 하지만 이런 결심을 할 수 있는 대통령은 나뿐이라 확신하오. 여러분, 내게 죽어가는 미국을 살릴 힘을 주십시오."

침묵이 시작되었다. 너무나 천박한 대통령, 억지에 강짜로 일관해온 대통령, 미국의 기준에 턱없이 모자란 대통령. 그

러나 그는 지금 이 순간 위대한 대통령으로 거듭나고 있는
것이었다.

　짝짝짝짝!

　맨 처음 박수가 터져 나왔다. 의외로 박수의 주인공은 조
금 전 미국을 깡패국가에 빗댄 의회의 중진이었다.

　"I am with you!"

　그는 자못 엄숙한 얼굴로 자리에서 일어나 엄지를 내세우
며 소리쳤다. 동조의 박수 소리가 점점 강해지고 한 사람, 두
사람, 이윽고 모든 사람들이 자리에서 일어나 엄지를 내세우
며 외치기 시작했다.

　"I am with you!"

　성배기사단을 대표하는 레오가 마지막으로 엄지를 세
웠다.

　"You are allowed!"

39.
방정식

몇 년 만에 인천공항에 발을 디딘 인철은 애써 침착하려 했지만 설레는 마음을 진정시키기 힘들었다. 입국심사대를 향해 걸어가는 동안 공항 전체를 감싸고 있는 한국 특유의 냄새가 어린 시절 어머니의 밥상을 대하는 듯해 약간 울컥하는 기분마저 들었다. 여느 때와 달리 미국의 전쟁계획을 품고 온 터라 비장하기도 했고, 무엇보다 저 문만 나서면 그리운 이지를 만날 수 있다는 생각이 측두엽을 한껏 부풀리기도 했을 것이었다.

이지와는 북핵 문제를 푸는 방정식을 만들어보기로 하고 준비가 되었을 때 만나기로 했는데 그 약속이 지금 실현되고 있다는 사실 또한 기쁘게 다가왔다. 인철은 입국심사를 기다리는 짧은 시간에도 다시 이지가 보내온 문자를 꺼내보았다.

　어디만큼 오셨어요? 어서 서울의 어느 골목길을 함께 걸으
　며 한강 위로 드리우는 석양을 함께 보고 싶습니다.

　인철은 이지를 만난 후 한 사람에 대한 사랑이 그 사람을
얼마나 오래 만났나 하는 시간의 양만으로 계산될 수 없다는
것을 알게 되었다. 인간의 DNA에는 아주 오랜 옛날의 기억
들이 새겨져 있다는 말을 들은 적이 있는데, 인철의 마음은
물론이고 온몸 구석구석까지 이미 오래전부터 이지를 다 알
고 기억하고 있는 것 같은 기분이었다.

　지난번 이지가 워싱턴을 다녀간 후 두 사람은 거의 매일
잔잔한 감정이 담긴 메일을 교환하고 있었지만 뉴욕의 어마
어마한 펜트하우스에서 아이린을 만나고 돌아온 날 괜스레
미안해진 인철은 이지에게 격정적인 고백을 했었다.

　이지 씨. 지금 이 순간 당신이 몹시 보고 싶어요. 하고 싶은
　말도 많지만 이렇게 멀리서 당신을 그리는 마음을 어떻게
　이루 다 표현할까요. 때로는 당신의 모습이 손에 잡힐 듯 또
　렷하게 그려지다가, 때로는 흐려진 수채화처럼 멀리멀리 달

아나곤 합니다. 그럼에도 이지 씨를 향한 저의 마음은 한결같습니다. 마음 있는 곳에 몸까지 있으면 더 좋겠지만, 다른 한편 생각하면 몸이 없어 더 애달피 그리워요. 몸 없이 마음만 있는 게 결코 못하지 않다는 사실에 새로이 눈을 뜹니다.

—인철

이지의 답장은 인철로 하여금 두 발을 땅에 딛고 있지 못할 만큼 들뜨게 했었다.

지구에서 먼 은하일수록 더 빠른 속도로 팽창해 나간다는데 제 마음이 바로 그 달려나가는 은하와 같아요. 멀어서 좋아 보기는 처음이에요. 끝없는 그리움의 시간이 함께하기 때문이고, 곁에 있으면 반드시 겪어야 하는 회자정리의 인과율도 피할 수 있으니까요. 우리는 끝까지 사랑을 포기하면 안 돼요. 이제 곧 불멸의 생명 단계가 오니까요. 광자컴퓨터 정도의 기억장치에다 뇌를 스캔해 저장하면 육신은 없어져도 생명은 영원히 유지될 수 있겠지요. 그때를 생각한다면 사랑하는 사람을 늘 소중히 간직해야 해요. 좋은 정신과 아름다운 기억을 갖고 있는 게 한 인간의 최고 재산이에요. 육신이 있을 때 사랑하는 사람을 갖고 있음과 없음은 그야말로 하늘과 땅의 차이예요. 아니, 어쩌면 그보다 더 큰 차이예요.
문자 그대로 불멸의 사랑이 되니까요.

─이지

이지는 사랑의 언어에도 지성과 지식이 넘쳐흘렀다. 바로 그 이지가 저 자동문 건너편에서 자신을 기다리고 있는 것이다.

공항 입국장의 문을 나서자마자 이지는 인철이 비엔나의 어두컴컴한 아랍 바에서 처음 보고 홀딱 반했던 그 모습대로, 몇 달 만에 워싱턴에서 재회할 때의 그 모습 그대로 인철을 향해 절제된 동작으로 손을 내밀었다.

"비행기가 꽤 연착했어요. 배고프지요? 우리 맛있는 거 먹으러 가요."

너무나 평범한 이지의 이 한마디로 길고 길었던 기다림과 그리움의 시간들과 고통스럽던 탐색의 시간들이 물거품처럼 녹아내리고, 두 사람은 수많은 새로운 연인들이 그렇듯 인생에서 가장 큰 기쁨의 시간 속으로 발을 내디뎠다.

"시청 앞 더플라자를 숙소로 잡았어요. 전망이 좋은 데다 제가 있는 곳과 가까워요."

"같이 덕수궁 돌담길을 걷고 싶어요."

"방정식을 풀고 나서 걷는 건 어떨까요? 먼저 걸어버리면 머리가 혼란스러워져 그 방정식을 못 풀 것 같아요."

역시 독일 태생임을 감출 수 없는 이지의 절제된 방식이었다.

인철은 더플라자에 짐을 푼 후 로비에서 기다리고 있던 이지와 같이 북창동 골목에서 순두부를 먹고는 커피를 마셨다. 서로 가볍게 그간의 소식을 교환하며 커피를 나누고 나자 이지는 자리에서 일어났다.

"그럼 내일 오후에 만나기로 할까요?"

"아니, 아침 일찍 만나면 어떨까요? 사실 마음 같아서는 당장 지금부터라도 함께 방정식을 풀고 싶어요."

"그건 안 돼요. 인철 씨는 모스크바에서 여기까지 날아왔어요. 푹 쉬어야 좋은 생각이 나는 법이죠."

"그럼 열 시쯤으로 할까요?"

"네, 그럼."

다음 날 커피숍의 구석진 곳에 자리를 잡고 차를 시키고 나자 이지는 웃으며 물었다.

"어젯밤에는 상당히 급해 보이던데 멋진 해법을 빨리 내놓고 싶으셨던 거예요?"

"네? 뭐, 아니……."

차를 마시고 나자 이지는 그때까지의 웃음기를 지우고 또박또박 말했다.

"대통령님 친구분이 특이한 얘기를 하신 데서 이 방정식이 출발했어요. 그분은 북핵의 해법을 어느 한쪽의 승리와 패배가 아닌 모두의 승리로 만들 수 있는 방법을 찾아보라는 뜻으로 대통령님께 Theory of everything 얘기를 하셨어요. 이것은 북핵과 연관 있는 모든 나라를 만족시키는 방정식을 찾으라는 뜻이죠."

"찾으셨어요?"

"일단 고려해야 할 인자는 정리해보았어요."

이지는 갖고 온 노트북을 펼쳤다.

한국

1. 북한 핵을 포기시킨다.

2. 미국의 선제타격이나 전쟁을 절대 반대한다.

3. 북한의 과도한 병력을 감축시킨다.

4. 북한의 인력 배치를 군이 아닌 생산활동으로 돌린다.

5. 북한 주민의 인권을 제고한다.

6. 남북 간 대화와 평화의 굳건한 틀을 짠다.

7. 평화통일로 나아간다.

8. 중국과 척지지 않고 경제협력을 지속적으로 이어간다.

9. 미국과의 친선과 동맹을 더욱 공고히 한다.

"이 정도면 필요한 인자를 다 고려했을까요?"

인철은 하나씩 짚어가며 생각을 정리하고는 고개를 끄덕였다.

"그런 것 같아요."

"다음은 북한의 입장이에요. 이것은 북한 주민과 집권세력을 구분하지 않았어요. 일단 핵문제 해결이 중심과제이다 보니. 그러나 결과적으로는 북한 주민에게 도움이 되도록 해개별 인자 속에 암암리의 복잡한 계산이 들어 있어요. 변수라 할지."

북한

1. 핵을 보유한다.

2. 현 체제의 안정을 보장한다.

3. 미국의 공포에서 벗어난다.

4. 경제발전을 이룬다.

5. 평화적이든 비평화적이든 통일로 나아간다.

"비평화적이라는 단서가 틀린 걸까요?"

"그렇진 않을 거예요. 북한은 그것도 염두에 두고 있는 모습을 보여왔으니까요. 미제 원수를 몰아내고 통일하자니까 두 행위 사이에 공통점이 있다고 보는 게 맞겠어요."

"그럼 미국의 인자 볼게요."

미국

1. 필요시 무력을 써서라도 북한 핵을 포기시킨다.

2. 한국과의 동맹을 더욱 굳힌다.

3. 필요시 사드를 추가로 배치한다.

4. 한미일 삼각 군사동맹을 이룬다.

5. 한국을 MD 시스템 안으로 끌어들인다.

6. 중국을 견제한다.

7. 한국과 중국의 밀착을 그리 반기지 않는다.

8. 남중국해 등에서 중국의 팽창을 견제한다.

9. 남북통일에 대한 입장이 불분명하다.

"이 정도일까요?"

"주요 인자는 다 들어간 것 같아요."

인철은 일단 주코프로부터 들었던 트럼프의 전쟁계획 삽입은 유보하기로 했다. 실행 여부가 불투명하기도 했고, 그런 공룡 같은 외부 인자를 집어넣으면 아예 방정식이 성립될 수도 없거니와 그런 가상의 가능성으로 인해 내부적 고찰을 포기한다는 게 옳을 수는 없을 것이었다.

일본

1. 필요시 미국의 무력을 써서라도 북한 핵을 소멸시킨다.
2. 한미일 군사동맹을 선호한다.
3. 독도를 탈환한다.
4. 피랍 일본인을 송환한다.
5. 북한과의 수교를 선호한다.
6. 남북통일을 반대한다.
7. 중국과의 관계를 증진한다.
8. 센카쿠를 영유한다.

"써놓고 보면 일본은 상호 모순적 인자들을 여럿 가지고 있다는 느낌이 들어요. 중국과의 관계 증진을 추구하면서도 당장이라도 분쟁이 터질 수 있는 센카쿠는 아예 협상의 대상으로도 여기지 않는다든지, 북한과 수교를 원하면서도 정작 남북통일은 반대한다든지요."

"일본이 통일을 반대한다고 공식적으로 얘기한 적은 없는 거죠?"

"물론이에요. 어느 나라도 공식적으로 남북통일을 반대하지 않아요. 다만 그간의 모든 자료를 비교분석하면 이 같은 경향을 나타내 보인 거죠."

"네, 다음은 중국인가요?"

"러시아를 먼저 봐요."

러시아

1. 북핵을 반대한다.

2. 미국의 대북 공격을 반대한다.

3. 북한에 대한 영향력 확대를 지향한다.

4. 한국과 경제협력을 희망한다. 특히 극동 지역과 시베리아 공동개발을 갈망한다.

5. 경제발전 위해 미국과의 우호관계를 희망한다.

6. 미국의 독주를 견제한다.

7. 한국의 미국 기지화를 우려한다.

8. 대중국 석유 및 가스 판매를 유지한다.

9. 중국 경제발전의 낙수효과를 기대한다.

10. 중국의 일대일로를 우려한다.

"러시아는 미국 및 중국과 우호 협력을 원하면서도 한편으로는 경계하고 있어요."

"중국과 친하게 지내려 하면서도 일대일로는 경계하고 있고요."

중국

1. 북핵을 반대한다(속내는 불투명).

2. 핵 포기 대가로 모든 지원을 계속한다.

3. 미국의 대북 공격을 절대 반대한다.

4. 북한 제재에 소극적이다.

5. 북한 붕괴를 절대 불원한다.

6. 북한에 대한 영향력 증대 및 우호를 희망한다.

7. 북한에 원유를 지원한다.

8. 남북통일을 절대 불원한다.

9. 남한의 MD를 절대 반대한다.

10. 한미일 삼각 군사동맹을 절대 불원한다.

11. 남한과의 경제교류를 희망한다.

12. 남한으로부터의 민주주의 수입을 경계한다.

13. 일본으로부터 센카쿠를 탈환한다.

14. 일본의 군사대국화를 불원한다.

15. 대만과의 통일을 희망한다.

16. 러시아와 군사교류를 강력 희망한다.

17. 인민봉기를 극도로 경계한다.

18. 미국과의 우호를 희망한다.

19. 미국의 보호무역을 극히 경계한다.

20. 북한과의 중조 수호조약을 부정한다.

21. 군사굴기를 가속화한다.

22. 북미 충돌의 불씨가 전이되는 것이 불안하다.

"중국과 관련된 인자가 참 많군요."

"조사하다 보니 참 걱정이 많은 나라였어요."

"이제 이런 다양한 인자들을 묶어서 방정식을 만드는 건가요?"

"네. 각국의 인자들을 통합해 각국의 경향을 먼저 만들고, 그 경향들을 모두 만족시키는 답을 찾는 거예요."

"하하, 이건 정말 수학이군요. 서로 충돌하는 인자는 어떻게 하죠? 가령 러시아가 중국과 경제교류를 원하지만 일대일로는 경계한다는 인자요."

"다른 여러 인자와 복합적으로 고려해 강한 인자와 약한 인자로 나누죠."

"강한 인자는 살아남고 약한 인자는 배제하는 거군요."

"네, 하지만 기억에는 남겨두어야 해요. 잠재적 인자로요."

인철은 이 많은 인자를 어떻게 모두 고려할지 엄두가 나지 않았으나 한편으로는 새로운 방정식에 대한 흥미가 크게 일었다.

"정치경제와 외교안보를 수학으로 푸는 게 흥미로워 보이면서도 한편으로는 아인슈타인과 호킹이 평생 Theory of everything의 방정식을 풀다 결국은 포기하고 말았다는 사실이 눈앞에 선명하게 다가와요."

"저도 처음이라 어떻게 할지 막연하지만, 인철 씨와 같이하면 뭐라도 나올 거라는 희망으로 열심히 인자를 찾았어요. 그럼 북한의 핵 보유부터 볼까요?"

"그건 북한 빼고는 모두가 원치 않는 걸로 나와요. 중국의 속내가 불투명으로 나와 있긴 하지만."

"네. 하지만 중국은 미국이 북한을 공격할까 봐 두려워하고 경계하는 인자가 워낙 많아요. 그래서 중국도 불원하는 걸로 보는 게 낫겠어요."

"그럼 북한이 핵을 가진다는 해법은 없는 거네요."

"그래요."

이지는 결론처럼 한마디 하고는 자신의 노트북에 '북한의 핵 포기'라고 썼다.

"미국의 군사공격은 그리 간단한 것 같지 않아요. 미국과 일본은 반반이고 우리와 중국, 러시아는 불원이거든요."

"일본과 러시아도 절대로 빼놓을 수 없는 만큼 참고인자로 넣고 잘 살펴야 해요."

"그럼 북한 반대, 중국 반대, 남한 반대, 미국 50퍼센트로 보면 될까요?"

"네, 하지만 남한 국민들 중에는 북핵을 견디며 사느니 무력을 써서라도 제거해야 한다는 생각을 가진 사람들도 꽤 있으니 결론적으로 공격 배제가 우월한 인자이고 공격은 잠재인자로 기억해두기로 해요."

이지는 노트북에 '우월인자:공격 배제, 잠재인자:공격'이라고 적었다.

"그것 참 재미있네요. 그런데 우리 문제인데 우리와 반대편에 있는 북한의 인자도 동등하게 넣어 다수결 같은 방식으로 결론을 내도 되는 걸까요?"

"일단은 상대의 인자들과도 화합해보는 거예요. 그러나 결론을 내릴 땐 우리의 입장만 인자가 되죠. 그래서 완전한 수학이나 다수결과는 좀 달라요. 가령 지금 따져본 공격 같은 경우 다른 모든 나라가 찬성이고 우리만 반대일 때 다수결로 하는 게 아니라 따로 깊이 생각해야죠."

"북한이 핵을 포기할 경우 미국은 입장이 뚜렷하지 않지만 한국, 중국, 일본은 경제지원을 염두에 두고 있군요."

"미국이 말하는 모든 면에서의 대화도 결국 경제지원을 포함하는 말이니 경제지원이라 결론지어요."

"통일은 주요 4국인 남한, 북한, 미국, 중국의 입장이 다 다르군요. 남한은 평화적 통일, 북한은 무조건 통일, 중국은 절대 반대, 미국은 입장 불명이에요. 통일은 각자의 입장이 다 다르고 당장의 핵문제 해결과는 큰 관계가 없으니 빼놓을까요?"

"어쩌면 통일과 핵문제 협상 사이에 잠재적 함수관계가 있을지 몰라요. 체제보장과 통일은 상충될 수도 있으니까요."

"북한이 겉으로는 통일을 표방하지만 속으로는 통일을 두려워할 수도 있다는 얘긴가요?"

"네. 그런 경우 통일을 안 한다는 보장을 해줘야지요."

"흡수통일을 안 한다는 건가요?"

"흡수통일이 아니더라도 통일 유예 협정이 필요할지 몰라요. 예를 들면 30년 후 통일하기로 합의하는 식으로요."

　인철은 크게 놀랐다. 이지는 보통 사람으로서는 상상하기조차 어려운 말을 하고 있는 것이었다. 모두가 입만 열면 통일을 얘기하지만, 실제로는 그것이 통일을 저해하는 부분도 있음을 이지는 꿰뚫어보고 있었다. 이러한 이상적이면서도 현실적인 판단은 이지가 독일에서 성장하며 동서독 통일의 문제점과 후유증을 직접 경험했기 때문에 가능한 일일지도 몰랐다.

　"이지 씨를 보니 체 게바라의 한마디가 생각나는군요."

　"뭐죠?"

　"우리는 늘 현실적이어야 한다. 하지만 가슴으로는 이룰 수 없는 꿈을 품어야 한다. 지금 보니 이지 씨는 거꾸로 같네요. 아니, 꿈과 현실을 같이 실행하고 있다고나 할까요."

　"통일 유예를 선언하면 북한도 안정될 수 있고, 중국도 통일 절대 반대 입장을 바꿀 수 있을지도 몰라요."

　"여하튼 살아오면서 한 번도 생각해보지 못했던 개념이었어요. 그럼 통일은 뭐라고 결론지을 거예요? 그 노트북상에서."

　"글쎄요."

　"순간적으로 비범하다는 생각이 들었는데 그냥 유예 선언으로 쓰지 않으실래요?"

"중요한 문제이니 좀 더 깊이 생각해보기로 해요. 느낌으로는 유예가 맞는 것 같긴 하지만."

"통일이 되면 국회의 3분의 1 이상이 북한 국회의원으로 채워질 거예요. 북한 동포들이 처음에는 남한 사회의 마력에 빠지겠지만 이내 경쟁에서 처지고 가난과 차별에 지쳐 분노의 한 표를 행사하지 않겠어요?"

인철의 얘기에 이지도 동의했다.

"정치적으로 강하게 결속하겠죠. 독일의 예를 봐도 수적으로는 서독의 25퍼센트밖에 안 되는 동독인들이 통일 이후 정치를 완전히 장악했으니까요. 국회가 난장판이 될 거예요. 사회에서 이념투쟁과 계급투쟁도 엄청날 거구요."

"유예기간은 북한에도 도움이 되겠죠. 김정은이 계속 집권하든, 정권 교체가 일어나든 혼란을 수습하고 시장경제에 연착륙해야 하니까요. 유예가 좋겠어요."

"네."

이지는 노트북에 '통일 유예'라고 적어넣었다.

두 사람은 이런 식으로 북한 핵문제 해법의 해답지를 하나하나 만들어나갔다. 처음에는 도저히 불가능할 것 같았던 작업이 각각의 인자를 여러 시각에서 평가해 등급을 부여하고 최대공약수라든지 최소공배수, 교집합 등의 수학적 방법을 써서 정리하자 마지막에는 상당히 완성된 몇 개의 유사해답이 나오기 시작했다.

"아! 이거 되네요."

가능성을 발견한 인철이 기쁨의 탄성을 질렀지만 거기까지였다. 그로부터 두 사람이 아무리 애를 쓰며 유사해답의 부족한 점을 보강하고 완전무결한 정답을 찾아내려 해도 결정적 인자들은 결코 만족스럽게 섞이지 않았다.

"어떻게 해봐도 2퍼센트 부족이에요. 답이 근사치에 접근하기는 했지만 모두 조금씩 어긋나요. 남북미가 만족하면 중국이 덜 만족스럽고, 남북중이 만족하면 미국이 불만이고, 북중미가 만족하면 남한이 싫으니 이건 아예 빼버려야 하고……."

이지 역시 잡힐 듯 잡힐 듯 잡히지 않는 해답을 구하려 무진 애를 썼지만 커피숍이 문을 닫도록 Theory of everything은 구해질 듯 구해질 듯 구해지지 않았다.

"오늘 너무 애쓰셨어요. 이제 잊어버리셔요. 아인슈타인도 호킹도 실패했듯 역시 방정식 하나로 세상의 모든 걸 설명하는 거나 모든 나라의 바람을 다 해소하는 건 불가능한 것 같아요."

"대통령께 보고할 거예요?"

"네. 해야 해요. 기대하고 계시는데 어서 알려드려야죠. 그
래야 다른 길을 모색하실 테니까요."

"어차피 달리 모색할 길도 없잖아요. 이제까지처럼 아무런
입장도 없이 진보 눈치, 보수 눈치, 중국 눈치, 미국 눈치, 심
지어는 북한 눈치까지 보는 것밖에는."

"죄송해요. 지치셨나 봐요."

"아니, 그건 아닙니다. 이지 씨와 오늘 종일 즐거웠어요.
그런데 죄 다른 나라 입장만 고려하다 보니 좀 답답했나 봅
니다. 제가 죄송합니다."

"늦었으니 내일 다시 연락하기로 해요."

"아니, 내일 다시 만나죠. 왠지 이대로 끝낼 수는 없을 것
같아요. 끝내더라도 포기하고 끝내는 게 아니라 확실히 답이
없다는 결론을 내리고 포기하는 게 맞을 것 같아요."

"제 생각도 그래요. 그게 수학이니까요."

인철은 광화문 부근의 오피스텔에 사는 이지를 바래다주
고 돌아오는 길에 자신이 괜히 이지에게 짜증을 냈나 싶어
조금 전의 장면들을 거꾸로 돌려보았다. 답답한 마음에 정부
가 입장도 없이 여기저기 눈치만 본다고 내뱉은 말이 이지에

게 상처를 췄을까 이모저모 생각하던 인철은 어느 찰나 뇌리에 섬광이 번득이자 제자리에 우뚝 멈춰서버렸다.

"아!"

한참이나 길거리에 석고상처럼 굳어 있던 인철은 이윽고 전화기를 꺼내 이지의 번호를 눌렀다.

"이지 씨, 아까 우리가 해답을 찾았던 거예요."

"네? 정말이세요?"

"네, 우리가 찾아놓고 없다 생각했을 뿐이에요. 어서 밖으로 나와봐요."

이지는 놀라움과 반가움에 겉옷만 적당히 걸친 채 뛰어나왔다.

"그런데 답은 모두 2퍼센트씩 부족했잖아요. 그래서 인철 씨가 유사해답이라 이름 붙였고요."

"그게 아니었어요. 지금 문득 생각났어요. 우리가 어떤 오류를 범했는지."

"설명해주세요."

"유사해답처럼 어느 한쪽이 불만족스러운 게 맞아요. 그 부족한 나머지 부분은 우리가 선택으로 메워야 해요. 그게 수학과 현실이 다른 점이에요."

"선택으로 메운다는 말은 어떤 의미죠?"

"수학과 달리 세상일에는 완벽한 해답이 없어요. 우리가 선택함으로써 비로소 해답이 되는 거죠. 그래서 삶의 선택이 중요하고, 그 선택을 위해 지식과 경험을 연마하잖아요. 또 선택한 후에는 그 선택을 완성하려는 용기와 노력이 필요하고요. 국가도 마찬가지예요. 저는 남북미중을 그 자체로 만족시키는 해법은 없다고 생각해요. 없는 게 오히려 좋아요. 우리가 선택하고 우리 힘으로 그걸 이루어나가는 게 맞으니까요."

이지는 인철의 말을 들으며 완벽한 수학적 해답을 얻은 것보다 오히려 더 큰 만족감을 느끼면서 인철의 눈길을 자신의 눈동자 속으로 끌어 담았다.

"우리가 주변 4강의 입맛만 맞추려고 하다 보면 결국 마네킹이 되어 남들이 갖다 놓는 자리에 서 있게 될 거예요. 아까 우리는 혼도 자아도 없이 남을 만족시키는 방법만 찾았던 거예요. 그건 수학이에요. 어떤 면에서는 핵개발 잘했다고 생각할 수도 있어야 해요. 만약 그것이 우리의 선택이었다면."

이지는 인철을 바라보았다. 온 나라가 전전긍긍하며 미국에 붙느냐, 중국에 붙느냐 양자택일만을 고민하는 판에 우리가 선택한 게 답이라는 인철의 말은 커다란 위안으로 다가왔다.

"네, 인철 씨. 우리의 선택이 바로 해답이라는 말이 가슴에 다가오네요. 그 자체로는 좋은 선택도 나쁜 선택도 없다. 내가 선택한 게 해답이다. 결국 수학이 아니라 용기가 답이란 얘기네요."

두 사람은 자리에서 일어나 잠시 어색하게 망설이다 자기도 모르게 손을 뻗어 서로의 손을 잡았다. 그냥 헤어지기는 너무 아쉬웠던지 인철은 이지의 얼굴을 똑바로 바라보다 불현듯 세차게 끌어안았다. 자신도 모르는 힘에 끌려 인철은 이지의 입술에 자신의 입술을 포갰으나 부드러운 살갗이 느껴지는 순간 이지는 살며시 몸을 뺐다.

40.
희생

"아이린, 크리스찬 디올이든 베르사체든 구찌든 마음대로
골라. 아니면 너 와인 좋아하니 로마네 꽁띠나 뻬뜨뤼스도
좋아. 아니면 아예 완전히 새로운 너만의 일을 새로 시작하
든지."

"차차 생각해볼게요."

"네가 심심할까 봐 그런다. 방송국을 해볼래? 배우도, 탤
런트도, 운동선수도 많이 만나고 재미있을 거야."

아이린은 웃었다.

"아니면 문화재단을 해보렴."

"나는 그냥 오빠 하는 일 구경만 할래요. 그것도 재미있을
것 같아요."

"그래, 돈 버는 일도 재미있지. 그것도 하나의 게임이다. 세상을 읽고 정보를 얻고 투자를 하고, 이 모든 과정을 거쳐 돈이 들어오는 걸 보면 커다란 성취감을 느낄 거야. 일종의 종합예술 같은 거지."

"돈 버는 건 오빠 밑의 전문 경영인들이 하잖아요."

"하지만 생각지도 못하는 큰 정보는 내가 조율해야 한다. 트럼프는 이번 토요일 밤 열한 시 워룸에서 북한 공격 시뮬레이션을 한다. 거기서 문제가 없으면 월요일 밤 열한 시 북한을 때리는 거야. 하지만 이 공격은 중국을 끌어들이기 위한 미끼일 뿐이지. 어떤 규모의 전쟁이 될지는 모르지만 하나 확실한 건 우리 군수회사들의 주가는 수직으로 상승한다. 물론 유가 또한 천정부지로 치솟지. 이미 5천만 배럴 이상 비축해두었으니 다음 주엔 샴페인을 터트리자꾸나."

"지금 이 순간 와인 한잔해요. 세상일에 관심도 없던 오빠가 이런 대사업가가 된 걸 축하하고 싶어요."

"고마워, 아이린, 내 동생아. 뭘 마시겠니?"

"오빠가 골라줘요."

"그래, 오늘은 나의 셀렉션을 자랑하고 싶다. 내 사랑하는 누이에게."

아이린이 돌아왔다는 사실은 레오에게는 단순히 여동생이

돌아온 것 이상의 의미였다. 언제든 자신이 마음만 먹으면 결혼할 수 있는 누이. 세상에서 가장 빼어난 미인이 평생 자신을 위해 대기하고 있다는 생각은 묘한 감정을 갖게 했고, 레오는 복잡한 감정의 갈래 속에서 점점 취해만 갔다.

"아이린, 널 혼자 둘 수는 없어."

취한 레오는 아이린의 곁으로 자리를 옮겨 기다란 금빛 머리카락에 코를 갖다 대고 냄새를 맡더니 아이린의 뺨에 키스를 하고 급기야는 아이린의 입속 깊이 혀를 넣었다.

"오빠, 침대로 가요."

레오를 침대에 누이고 시간을 끄는 사이 레오가 설핏 잠이 들자 아이린은 레오의 주머니에서 휴대폰을 꺼냈다. 아이린은 조급한 와중에도 침착하게 납치 직전 식사를 했던 식당 베니니의 관할 경찰서를 생각해내곤 전화를 걸었다.

"아이린 실종 사건을 담당하는 형사 부탁해요."

상대편이 나오자 아이린은 적당히 둘러대고 한 사람의 전화번호를 손에 넣었다. 그는 바로 인철이었다.

"인철 씨, 아이린이에요."

"아이린!"

"오빠가 금방 깰 것 같으니 잘 들어요. 이번 토요일 밤 열한 시 트럼프가 백악관 워룸에서 전쟁 시뮬레이션을 해요.

문제가 없으면 월요일 밤 열한 시 북한을 때려요! 그리고 무슨 일이 있어도 제 일로 경찰에 연락하면 안 돼요."

"토요일……."

인철은 아이린이 전화를 갑자기 끊어버렸기 때문에 더 이상 말을 잇지 못했다. 아이린의 안위가 크게 걱정되었지만 아이린에게 전화를 할 수도, 경찰에 신고를 할 수도 없었다. 신고가 해결책이라면 그녀가 자신에게 전화하는 대신 경찰에게 했을 것이다. 인철은 워싱턴의 바에서 헤어진 후 납치 아닌 납치를 당한 채 철통같은 감시를 받는 아이린이 이 전화를 하기까지 얼마나 힘들었을까, 그리고 혹 발각된다면 어떤 고초를 겪을 것인가 생각하자 가슴이 울컥했지만 자신이 할 수 있는 일은 없었다.

아니, 뭔가 할 수 있다손 치더라도 지금은 그럴 때가 아니었다. 주코프와 아이린 양쪽으로부터 받은 이 정보는 의심할 수 없는 무시무시한 정보였고, 시간은 너무도 촉박했다.

인철의 짐작대로 아이린은 전화를 끊고 오빠와 무서운 대면을 하고 있었다.

"아이린, 너는 돌아오지 않는구나."

"오빠."

"네가 누구에게 전화를 걸어 무슨 말을 했던지 간에 문제는 삼지 않겠다. 나는 이 휴대폰을 보지 않고 버리련다. 성배 기사단을 배신해도 벌이 있고 가문을 배신해도 벌이 있기 때문이다. 둘 다 네가 감당할 수 없는 벌들이지."

"아아, 오빠."

"너는 나를 배신했다. 세상에서 너를 가장 사랑하는 사람을 배신하고 정결한 내 사랑을 비열한 음모로 오염시켰다. 나는 네게 사랑의 와인을 따랐으나 너는 내게 거짓을 따르더구나. 너는 최고의 가문에서 태어났으면서도 천박한 자를 좋아했고, 몸은 하늘에 있어도 마음은 길바닥에 있었다. 하여 가문의 수장으로서 네게 명하노니, 너는 영원히 뮌헨의 고성에서 나오지 말라! 아이린, 부디 나를 원망하지 말거라! 쇤하우젠 성에 갇혀 한 발짝도 나오지 못한 할머니와 똑같은 운명을 택한 사람은 바로 너 자신이니까."

아이린의 전화를 받고 난 인철은 머리가 멍해졌다. 감당할 수 없는 무거운 정보를 갖게 된 유일한 한국인으로서 무슨 일을 해야만 할 것인가. 무슨 일을 할 수 있을 것인가. 인철은 이지에게 전화를 걸었다. 이런 국가적 사태를 대통령에게 알리지 않을 수는 없는 일이었다.

"트럼프가 미국시각 토요일 밤 열한 시 전쟁 시뮬레이션을 하고 문제가 없으면 월요일 밤 열한 시 북한을 공격한다고요? 그걸 어떻게 믿을 수 있죠?"

"설명하긴 어렵습니다만 저를 한 번 믿어주시면 안 되겠습니까?"

문재인 대통령은 말없이 이지의 얼굴을 바라보다 무거운 표정으로 말했다.

"그 정보의 신뢰도가 0.1퍼센트도 안 된다 하더라도 대한민국의 대통령으로서 그냥 넘길 수는 없어요. 안보회의를 소집하지요."

이지의 참석이 허용된 가운데 대통령 주재로 열린 긴급 대책회의에서 처음에는 냉소적인 눈길로 이지를 바라보던 대부분의 참모들은 국방부의 보고가 도착하자 아연 실색했다.

"대통령님, 칼빈슨과 스테니스가 한반도를 향해 다가오고 있고 레이건은 요코스카에서 출항 준비 중입니다. 뿐만 아니라 루스벨트와 니미츠가 한반도에서 멀지 않은 해역에서 대기 중입니다. 이것은 사상 초유의 일입니다."

그간 항공모함 레이건, 루스벨트, 니미츠가 몇 번 동해상에서 훈련을 하곤 했었기 때문에 크게 신경을 쓰지 않았지만 다섯 척의 항모가 한반도를 향해 다가온다는 보고가 오늘 이지가 가져온 놀라운 정보와 맞물릴 수 있다는 데 생각이 미치자 안보실장을 비롯해 참모들은 일순 당혹감에 빠졌다.

안보실장은 참모에게 지시했다.

"전쟁 시뮬레이션이면 군 지휘관들이 대거 참석할 거야. 주미 대사관에 전화를 걸어 육해공군 지휘관들의 토요일 밤 일정을 알아보라 그래. 알려주지 않겠지만 분위기는 감지할 수 있을 거야. 모두 일정이 있거나 워싱턴에 체류하고 있다면 이 정보를 믿을 수밖에 없어."

회의 참석자들이 신경을 곤두세우고 있는 가운데 주요 지휘관들이 토요일임에도 모두 일정이 잡혀 있는 게 확인되자 회의 분위기는 심각하게 돌변했다. 참모 한 사람이 분노의 음성을 쏟아냈다.

"당장 트럼프 대통령에게 전화를 걸어 공격을 멈추라고 해야 합니다. 대통령님께서 기회 있을 때마다 언급하셨듯이 이것은 우리의 동의 없이 한반도에서 전쟁을 하는 행위입니다."

그의 분노를 시발점으로 참모들의 난상토론이 시작되었다.

"명령을 한다는 얘긴가요, 지시를 한다는 얘긴가요, 트럼프에게?"

"네?"

"미국이 멈춰줄 리 없다는 얘기예요."

"멈추든 안 멈추든 그냥 있을 수는 없잖아요."

"백악관 워룸에서 시뮬레이션을 하고 48시간 후 실제 행동에 들어간다는 계획이면 우리 요구를 들어줄 리 없어요. 이미 주사위는 던져졌다는 얘기예요. 소용없는 줄 뻔히 알면서도 거기 매달린다는 건 해법이 아니에요."

누군가 몹시 격앙된 얼굴로 트럼프를 비난한 후 방안을 냈다.

"북한에 알려 무조건 핵 포기 선언을 하게 하면요?"

몇몇 참모들이 고개를 끄덕이며 동의를 표했다.

"좋습니다. 시진핑에게도 알려 당장 포기시키도록 해야 합니다."

"북한이 우리 말도, 중국 말도 듣지 않으면 어떻게 하지요?"

"그럴 리 있나요?"

"충분히 그럴 리 있습니다. 북한은 이제껏 핵개발에 모든 걸 다 바쳐왔는데 말 한마디에 포기한다는 게 오히려 더 우습잖아요. 나는 절대 포기하지 않는다고 봐요."

이후 밤늦게까지 참모들의 의견이 쏟아졌지만 하나같이 입을 모아 미국을 성토할 뿐 딱히 해결책을 내놓지 못하자 대통령은 회의를 정리했다.

"실장이 올라가세요."

"알겠습니다. 대통령님의 친서를 가지고 가는 게 더 낫겠습니다."

오랫동안 꽉 닫힌 판문점이었지만 다른 사람도 아닌 임종석이 올라간다 하자 북한은 문을 열어주었다. 시진핑 주석이 마음먹고 보낸 특사도 만나주지 않았던 김정은이었지만 서울에서 온 특사가 임종석인 걸 알고는 즉각 만남에 응한 것이다.

"나는 그간 임 실장님이 북남의 적대관계 해소에 열정을 바쳐온 걸 높이 평가합네다."

"국방위원장님, 지금 시간이 너무 없습니다."

임종석이 대통령의 친서를 내밀자 한 자 한 자 꼼꼼하게 읽고 난 김정은은 아연 얼굴이 굳어버렸다. 그는 곁에 있던 최룡해에게 친서를 넘겼고, 최룡해 역시 파랗게 질린 얼굴로 아무 말도 하지 못했다.

"급히 핵 포기 선언을 하셔야만 하겠습니다."

"간나들!"

김정은은 더 이상 말을 잇지 못했다.

"시간이 없습니다. 오늘, 아무리 늦어도 내일까지는 핵 포기 선언을 해야 합니다."

"개간나들!"

김정은의 얼굴은 일그러질 대로 일그러졌고 최룡해 역시 주먹을 부들부들 떨었다. 임종석은 거듭 핵 포기를 재촉했으나 김정은은 대답을 하지 않은 채 자리에서 일어났다.

"내래 생각을 해보갔소."

"다시 말하지만 달리 방법이 없습니다. 여기서 대답을 하실 때까지 기다리겠습니다."

"아니, 알려줄 테니 내려가시오."

김정은은 손을 내밀어 악수를 건넨 다음 최룡해와 같이 나가버렸고, 임종석은 빈손인 채 서울로 돌아올 수밖에 없었다.

청와대.

김정은이 핵 포기 선언을 할 기미가 전혀 보이지 않아 밤새 잠을 이루지 못했던 문재인 대통령은 집무실 소파에 앉아 밖을 내다보았다. 어둠이 아직 남아 있는 데다 새벽안개가 끼어 밖이 잘 보이지 않았다. 대통령은 텅 빈 집무실에 어두운 그림자가 어른거리는 것 같은 느낌이 들어 주변을 둘러보았다. 물론 아무도 없었지만 대통령은 꼭 누군가가 옆에 와 앉은 것만 같았다.

"형!"

노무현. 정치를 시작한 것도 대통령이 된 것도 모두 그로부터 기인했고, 그와 밤새워 얘기했던 이상과 정의를 실현하기 위해 이제껏 달려왔지만, 많은 걸 이룬 것 같아도 하나도 이룬 것이 없는 것 같았다. 무엇보다 전쟁이 코앞에 다가왔는데도 아무런 대책이 없다는 게 서글픔과 외로움으로 다가왔다.

"바보 같은 놈!"

김정은은 정말 바보 같은 짓을 하고 있다. 마지막 기회마저 발로 걷어차버리고 뻔히 죽는 길로 내달리고 있다. 자신은 주한미군을 묶어두고 있지만 그렇다고 미국이 티끌만치라도 공격에 지장을 받을 리 없다. 대통령은 미국이 북한을 공격했을 때 어떻게 해나가야 할지 정말 판단하기 어려웠다. 바다에 떠 있는 항공모함을 향해서 아무것도 할 수 없는 북한의 유일한 보복수단은 휴전선 인근의 방사포와 장사정포로 서울을 포격하는 것뿐이고, 그것은 한국군과 주한미군을 묶어놓고 있는 자신의 정책과 충돌해 큰 문제를 야기할 것이었다.

"문재인이 대한민국 국민을, 서울 시민을 죽였다!"

비록 짧은 시간이겠지만 전쟁 반대라는 의지로 군을 묶어놓고 있다 방사포에 희생되는 국민이 생긴다면 당연히, 그리고 즉각 터져 나올 절규였다. 대한민국 대통령으로서 자신이 할 일은 당연히 예상되는 북한의 장사정포와 방사포의 포격을 막는 데 있다. 그러기 위해서는 미군의 선제타격이 시작됨과 동시에 북한군의 장사정포와 방사포를 한미의 공군력으로 쓸어버려야 할 것이다.

그러자면 어쩔 수 없이 미국과 같이 작전 단계에서부터 정보를 주고받아야 하고, 그것은 사실상 전쟁 준비가 되고 마는 것이었다.

"으음!"

전쟁 반대 의지는 정권의 몰락으로 이어질 가능성도 컸다. 수십조를 들여 이룩한 공군력과 북한의 공격으로부터 국민을 지키기 위해 배치된 주한미군을 쓰지 못하게 했다는 책임은 필연적으로 탄핵으로 이어질 것이고, 탄핵 이전에 분노의 시위나 쿠데타로 실각할 가능성도 큰 것이었다. 만일 미군이 아무런 통보 없이 선제타격을 감행할 경우 미군으로부터 사전에 통보를 받지 못했다는 사실 하나만으로도 레임덕이 시작될 수도 있었다.

"음!"

대한민국의 대통령이지만 할 수 있는 게 아무것도 없다는 현실에 문재인은 거듭 한숨을 내쉬었다. 어제의 긴급안보회의는 미군의 선제타격이 코앞에 다가왔는데 아무것도 할 수 없다는 사실을 다시 한 번 확인시켜주었을 뿐이었다. 기껏 할 수 있는 게 북한에 올라가 핵 포기를 하라는 권유였고, 중국에 알려 핵 포기를 시켜달라는 부탁일 뿐이었다.

권유와 부탁.

이 일촉즉발의 상황에 전혀 어울리는 단어가 아니었다.

"대통령님, 모두 기다리고 있습니다."

비서가 긴급 안전보장회의가 소집되었음을 알렸지만 대통령은 별반 의욕이 나지 않았다. 그간 북한이 미사일을 쏠 때마다, 핵실험을 할 때마다 무수히 회의를 해왔지만 북한을 향해 경고 한 번 속 시원히 못 했는데 지금 이 상황에서 미국의 공격을 중지시키거나 북한의 핵을 포기시키는 어떤 방안도 나올 수 없을 것임은 자명했다.

"갑시다."

대통령은 무겁게 발걸음을 옮겼으나 두 시간 후 똑같이 무거운 발걸음으로 집무실로 되돌아오고 말았다. 북한의 대답을 기다려보자는 것과 중국이 북한을 강력하게 설득하고 있을 거라는 관측 외에는 할 것이 없었다.

41.

Theory of everything

　갑갑증을 견디다 못한 대통령의 뇌리에 이지가 떠올랐다. 어제 워낙 참모도 많고 정신이 없었던 터라 최 박사의 의견을 물어보지 못했지만 최 박사는 누구도 하지 못하는 생각을 해내는 독특한 사람이었다.

　"최이지 박사, 집무실로 좀 와줄 수 있어요?"

　"네, 대통령님. 그런데 제게 그 정보를 주었던 분과 같이 봬도 될까요?"

　"물론이요."

　이지는 인철이 도착하기를 기다려 대통령의 집무실로 건너갔다.

"김인철입니다."

"반갑습니다. 어떤 분인지 궁금했어요."

대통령은 우울한 목소리로 이지에게 말했다.

"북한의 대답을 기다리고 있으나 전망은 부정적이에요. 김정은은 대가를 챙기지 못한 채 겁에 질려 핵과 미사일을 포기하면 정권의 기반이 흔들릴 수도 있고, 앞으로 영원히 미국에게 꼼짝 못 한다고 생각할 거예요. 그래서 핵을 포기하더라도 공격을 당하고 포기하는 게 투사 이미지를 쌓고 인민의 적개심을 유발해 통치에 훨씬 유리하다고 판단할 겁니다. 사정이 이러하니 중국의 설득도 소용없을 걸로 봐요. 최 박사 생각은 어떻소?"

"지난번 대통령님께서 내주셨던 Theory of everything의 방정식을 김인철 변호사와 같이 풀었는데 유사해답이 여러 개 나왔습니다. 따라서 저는 해답이 없다 생각하고 포기하려 했는데, 김 변호사는 그 자체로 정답은 없고 유사해답들 중 하나가 우리의 선택을 통해 정답이 된다고 했습니다."

대통령의 눈길이 인철에게로 향했다.

"지금 이 순간에도 정답이 있을까요? 이제 공격이 사흘도 남지 않은 상황에서."

"저는 있다고 생각합니다."

인철의 대답에 대통령은 인철의 눈동자를 물끄러미 바라보았다. 물론 의혹이 잔뜩 담긴 시선이었지만 이지가 데려왔다는 사실 때문인지 곧 대통령은 특유의 순박한 눈길을 인철의 입술로 향했다.

"어떤 답이 있을까요?"

"기본적으로 미국은 북한을 공격하는 걸 그리 좋아하지 않습니다. 전 세계의 비난이 쏟아지는 데다 정권이 붕괴하면 더욱 깊이 개입해야 하고 난민 등 힘든 문제가 잔뜩 생깁니다. 무엇보다 막대한 돈이 들어가기 때문에 트럼프로서는 가장 하고 싶지 않은 일일 것입니다. 또한 북한은 전쟁을 할 힘이 없습니다. 전쟁이란 짧은 시간에 막대한 돈을 쏟아붓는 건데 북한은 그럴 돈이 없기 때문입니다.

"미국과 북한이 원래는 서로 충돌하지 않는다는 건가요?"

"기본 입장이 그렇다는 겁니다."

"그러나 이제 시뮬레이션에 이어 미국이 북한을 침공한다고 하지 않았어요? 바로 김인철 씨가."

"그것은 중국 때문입니다. 미국에게는 북한이 매력 없는데 반해 중국은 매력투성이입니다. 북한은 중국과의 충돌을 이끌어내기 위한 도화선입니다."

"중국 때문에 북한을 침공한다고요?"

"네."

대통령은 무슨 뚱딴지같은 소린가 싶어 이지를 한 번 쳐다보고는 다시 인철에게로 눈길을 돌렸다.

"어느 쪽이든 당장 북한을 침공하는 건 변하지 않는데 무슨 차이가 있습니까?"

"차이는 없지만 우리 입장에서는 이러한 미국의 의도를 이용할 수 있습니다."

"어떻게요?"

"우리가 하나의 입장을 가지면 정답을 얻을 수 있습니다. 지금 우리는 확고부동한 입장 없이 중국과 미국 사이를 왔다 갔다 하고 있지요. 그러니 해답 없이 눈앞에 벌어지는 현상만 쫓아다니게 되고 미래를 설계할 수 없습니다. 우리가 입장을 가지면 그런 악순환을 벗어날 수 있습니다."

"지금은 어떤 입장을 가져야 하는 겁니까? 미국이 북한이든 중국이든 공격하려는 상황에서."

"일단 중국을 구해주어야 합니다."

"네? 그게 가능해요? 만약 가능하다 하더라도 대북 공격을 막아야지 어째서 중국을 구한다는 얘기지요? 북한은 도화선에 불과하니 중국이라는 목표가 없어지면 대북 공격도 없다는 뜻인가요?"

"그렇습니다."

"같은 개념이라면 대북 공격을 막는다고 얘기하는 게 낫지 않나요?"

"중국을 구한다는 표현을 쓰는 건 중국으로부터 이 기회에 얻어내야 하는 게 있다는 얘깁니다."

"미국의 공격으로부터 중국을 보호하고 그 대가를 받아낸다?"

"그렇습니다."

대통령은 인철의 얘기가 전혀 현실성이 없다 생각되었지만 전혀 막힘 없이 논지를 전개하는 데다, 북한은 매력이 없고 중국이 매력 있다는 논리는 일면 수긍이 가기도 해 귀를 기울였다.

"어떤 대가를 받아내는 겁니까?"

"중국으로 하여금 현재의 입장을 바꾸거나 굽히도록 하는 겁니다."

"현재의 입장이란 북한에 대한 입장입니까?"

"한반도에 대한 입장입니다. 미국의 공격이 임박한 이번 기회에 우리가 미국의 군사력을 이용해 대한민국의 미래를 설계해야 합니다. 우리 입장에서 미국의 중국 공격은 오히려 최상의 기회입니다."

인철의 얘기는 놀라운 것이었다.

"그럼 미국이 중국을 공격한 후를 상정해 우리의 계획을 짠다는 얘긴가요?"

"아니, 미국의 중국 공격을 없애자는 겁니다. 그전에 중국의 양보를 얻어내고 말입니다."

"논리가 쳇바퀴 돌듯 하는데 조금 더 구체적으로 설명을 해줄 수 있어요?"

인철과 이지는 문재인 대통령 곁으로 다가앉았다. 기나긴 시간이 흘렀고, 두 사람의 생각을 완전히 이해한 대통령은 결연한 표정으로 자리에서 일어났다.

송영길 의원은 대통령의 비상 호출에 급히 달려가면서 머릿속으로 그 이유를 짐작해보려 했으나 떠오르는 게 없었다. 자신이 위원장으로 있는 북방경제협력위원회 일은 아닌 게 확실했고, 당대표 경선과 관련한 일도 아닐 터였다. 본관에 도착해 차에서 내리자 기다리고 있던 비서관이 서둘러 대통령 집무실로 안내했다.

"송 의원님, 급히 모스크바로 날아가서 푸틴 대통령을 만나주셔야겠어요. 우리 한국인 중 푸틴 대통령을 원하는 대로 만날 수 있는 사람은 송 의원님밖에 없잖아요."

그간 푸틴은 한국 대통령들이 보낸 특사를 단 한 번도 만나준 적이 없었으나 송영길이 특사로 갔을 때는 무려 두 시간이나 온갖 얘기를 나누었다. 이것은 송영길과의 개인적 관계에서 비롯된 것으로 두 사람은 이미 다섯 번이나 만나고 있는 중이었다.

"알겠습니다. 그런데 무슨 일이 있으신지요?"

대통령으로부터 설명을 듣는 송영길의 얼굴은 긴장으로 물들었고, 청와대를 떠나는 그의 눈길은 활활 타올랐다.

이해찬 총리 또한 긴급 연락을 받고 집무실로 달려왔다.

"총리님, 베이징으로 가서 시진핑을 만나주세요."

이해찬은 대통령으로부터 설명을 다 듣고 나자 안색이 크게 변하며 호흡마저 가빠졌다.

"상상조차 할 수 없는 거대한 프로젝트입니다. 그런데 제가 할 수 있을지는 의문입니다."

"성공과 실패는 하늘에 맡길 도리밖에 없는 것 같습니다."

"여하튼 우리가 무언가를 할 수 있다는 사실이 위대합니다."

홍석현은 집무실 현관까지 나와 맞이하는 대통령을 보자 직감적으로 미국과의 사이에 중대한 문제가 생겼다는 걸 느꼈다. 지난번 미국에 특사로 가서 트럼프로부터 국가원수급

예우를 받으며 그간 이완될 대로 이완된 한미관계를 두텁게 복원시켰던 걸 대통령이 진심으로 칭송하던 장면이 머리를 스쳤다.

두 사람은 집무실에서 오랫동안 깊숙한 대화를 나누었다.

"중국과 북한에 우리 특사가 대기하고 있고 저도 여기서 대기합니다. 이 일의 성패는 오로지 트럼프를 설득하느냐 못하느냐에 달려 있습니다."

산전수전 다 겪어 좀처럼 긴장하는 일이 없는 홍석현의 이마에 땀방울이 맺혔다. 홍석현은 이미 온 신경이 워싱턴에 가 있는 듯 눈길을 한곳에 고정시킨 채 입술을 굳게 다물었다.

"홍 회장님, 그간 잘 모시지 못해 죄송합니다. 이번 일에 나라의 운명이 달렸으니 진심으로 부탁드립니다."

"이런 중차대한 국사에 대접이 있고 없고가 무슨 상관이겠습니까."

두 사람은 굳게 껴안았다.

임종석은 대통령으로부터 전혀 새로운 임무를 받고는 어금니를 깨물었다. 대학 시절 임수경을 북한으로 올려보내고 그간 남북화해와 통일을 위해 한 몸 불살라왔건만 한국사회는 너무도 굳어 있었고 적대적이었다.

"임 실장, 지난 30년간 임 실장이 몸 바쳐온 남북화합이 이번 일에 달렸어요."

임종석은 굳건한 표정으로 이를 악물었다.

"목숨이라도 바치겠습니다."

42.
코드 네임 슬픈 월요일

백악관 워룸.

실전 48시간 전, 새로운 전쟁 지침에 따라 시뮬레이션을 선행하는 극비 안보회의가 열리고 있는 이 밀폐된 공간에 트럼프 대통령을 중심으로 전군의 주요 지휘관이 빠짐없이 포진했다. 평소 거친 말과 제스처로 과도할 만큼 좌중을 압박하는 트럼프지만, 오늘 이 시간만큼은 깊은 침묵을 지키고 있었다.

불이 꺼지자 대형 모니터에는 오랫동안 펜타곤이 다듬어 왔고 이제 48시간 후면 코리아 페닌슐라에서 터져 나올 장면들이 작전명 '흰머리 화염과 분노' 아래 나타나기 시작했다.

한국시각 월요일 22:30

F-22 랩터 편대가 홀연히 평양과 원산 일대를 비롯한 북한 상공에 나타나 EMP탄 몇 발을 투하한다. 순식간에 북한의 통신시설 및 전자 시스템, 레이더가 마비되지만 늦은 밤이라 북한군은 이상 징후조차 감지하지 못한다.

한국시각 22:30

워싱턴의 국무장관이 일본 외상에 이어 중국의 외교부장에게 전화를 건다.

"30분 후 북한의 핵시설에 대한 외과수술적 타격을 개시할 거요."

"노! 사전 합의가 없었잖소."

"여하튼 그리 아시오."

국무장관은 일방적으로 전화를 끊는다.

한국시각 22:55

원산으로부터 동남쪽 140킬로미터 해상에 진입한 세 척의 항공모함 레이건, 칼빈슨, 스테니스 호의 갑판에 슈퍼호넷과 F-35가 줄지어 서 있다. 여기서 그리 멀지 않은 해역에는 니미츠와 루스벨트가 대기 중이다.

한국시각 22:55

국무부가 한국 외교부에 10분 후 대북 공격이 시작될 예정임을 통보한다.

한국시각 22:56

어디서 나타났는지 MQ-1 프레데터와 MQ-9 리퍼 여러 대가 어둠에 잠긴 평양의 밤하늘을 소리 없이 날고 있다. 정찰기이자 저격기인 이들 초소형 무인기들은 엔진 소리조차 들리지 않는다. 초고성능 카메라에는 평양 시내의 동정이 샅샅이 포착되어 그대로 백악관 워룸의 모니터에서 되살아나고 있다.

한국시각 22:58

스텔스 폭격기 B-2와 F-22 랩터를 선두로 괌과 오키나와, 일본 본토와 미국 본토에서 발진한 F-35가 어둠을 가르며 북한 전역의 목표물을 향해 날아간다.

이를 신호로 항공모함의 슈퍼호넷 등 함재기들이 속속 이륙해 이들의 궤적을 뒤따르고, 모두 400여 대의 최신형 전폭기가 북한 전역을 향해 산개한다.

한국시각 23:00

세 척의 항모와 타이콘데로가급 순양함, 알레이버크급 구축함, 각급 핵잠수함에서 토마호크, 트라이던트 등의 미사일이 동시다발적으로 발사된다.

한국시각 23:30

북한의 영변, 동창리, 무수단리, 풍계리 등 핵 관련 시설은 말할 것도 없고 미사일 기지, 이동식 미사일 발사대, 공군기지, 활주로, 해군기지 등과 각급 군단이 영문도 모른 채 화염에 휩싸인다. 평양 시내의 김정은 집무실을 비롯하여 보위부, 공산당 당사까지 초토화된 상태에서 무인 저격기들이 돌아다니고 있지만 김정은의 행방은 확인되지 않는다.

한국시각 23:40

각종 군사위성, 통신위성, 북한 상공에 떠 있는 특수 정찰기 코브라볼과 남해에 떠 있는 엑스밴드 레이더, 오산의 감청기지에서는 북한 전역에서 잡히는 소리란 소리는 샅샅이 식별해내고 있지만 김정은의 지시도, 보복공격 명령도 들리는 게 없다. 혼비백산해 여기저기 난무하는 비명과 고함 소리 사이로 독립부대 단위의 명령이 간혹 오가나 상황 파악

정도에 불과하다.

한국시각 23:50

미국의 각종 감시장비들이 북한 전역을 면밀히 감시하고 있지만 불빛 하나 없이 고요하기만 하다. 감청설비에 잡히는 북한 전역의 소리를 감별하던 오산기지의 감청요원들이 아연 긴장한다. 주파수를 맞추고 성문 감정을 하던 요원들의 표정에 갑자기 생기가 돌더니 이윽고 환호가 터진다.

한국시각 23:55

네 대의 랩터가 바람을 가르며 인공위성의 GPS 경로를 받아 함경도 어느 산속 골짜기 깊숙한 곳에 도착한 후 벙커버스터를 각 한 발씩 투발한다. 온 산이 다 내려앉는 굉음과 함께 비밀 벙커는 완전히 내려앉고 입구는 봉쇄되고 만다.

한국시각 24:00

F-35와 함재기들의 호위를 받으며 미국 본토와 괌에서 발진한 수십 대의 B-1과 B-52가 또다시 북한 전역의 목표물을 재차 폭격한다. 북한 전역에 희미한 불빛이라도 새어나오는 곳이 하나도 없지만 적외선 레이더와 GPS로 움직이는 미

군 폭격기들은 정확하게 목표지점을 타격해 완벽하게 파괴한다.

한국시각 화요일 05:00

미국의 악의적인 파괴공작을 규탄하는 중국 외교부장의 긴급 성명이 터져 나온다.

"미국은 즉각 공격을 중지하라!"

긴급 군사회의에서 북한의 피해 상황을 보고받는 시진핑의 얼굴이 굳어진다.

"북한군 전력이 대부분 붕괴했습니다! 그냥 있으면 북한이 미국과 남한의 손에 떨어지고 맙니다."

"김정은은?"

"생사불명입니다. 어떠한 명령도, 지시도 나오지 않고 있습니다."

시진핑은 고뇌에 잠긴다.

한국시각 07:00

청와대 국가안전보장회의에서 전날 밤 공격 불과 10분 전 통보를 한 미국에 대한 규탄이 이어진다.

"당장 미국에 공격 중지를 요청하고 전쟁 반대 성명을 내야 합니다."

홍분한 참모들의 들끓는 요구에 문재인 대통령은 고심하다 결국 성명을 낸다.

"대한민국 정부는 어떠한 이유로도 한반도에서의 전쟁을 반대하며, 따라서 미국 정부에 즉각 공격을 중지할 것을 요구한다."

한국시각 08:30

중국의 외교부장은 미국 국무장관에게 전화를 건다.

"즉시 공격을 중지하고 물러서지 않으면 무거운 책임을 져야 할 거요."

의외로 국무장관은 저자세다.

"우리 입장을 이해해주시오. 당신들은 북핵을 없애기 위한 공격을 양해했지 않소?"

"외과수술적 타격, 즉 포인트만 가려서 타격하란 말이지 누가 이런 식으로 초토화시키라 했소? 당장 항모를 빼시오!"

"우리 특수부대가 들어가 핵시설 파괴를 확인할 작정이오."

"그건 절대 안 돼!"

"반드시 필요한 절차요."

"육상부대가 들어오면 우리는 가만있지 않아요!"

"6자회담 결렬 시 그렇게 하기로 약속한 거요. 양해해주시오."

국무장관은 계속 저자세다.

한국시각 09:00

쥐 죽은 듯 잠잠하던 휴전선 일대의 땅굴에서 갑자기 수백 대의 방사포차가 달려나와 불과 10분도 안 되는 사이 예열과 조준을 마치고 남쪽을 향해 무차별 로켓탄 집중 포격을 가한다. 방사포차는 점점 늘어나 2천 대 가까이 늘어서서 수만 발의 로켓탄을 쏟아붓고 한국 공군기들과 자주포대가 반격하지만 방사포대를 응징하기엔 역부족이다. 삽시간에 서울은 물론 인천, 천안, 청주까지 희생자가 즐비하다.

한국시각 09:23

청와대의 한미연합사 병력 사용 동의가 떨어지고 오산과 군산에서 발진한 주한미군의 공군기 및 대구와 사천에서 이륙한 한국 공군기가 휴전선의 방사포를 무차별 폭격한다. 이와 동시에 황주와 개성에 주둔한 북한군 지상군단을 향해 일본에서 날아온 F-22 랩터가 소형 핵폭탄을 발사하고, 단 두

발에 군단은 완전 궤멸한다.

한국시각 10:27

E-737 피스아이가 그나마 얼마 남지 않은 저고도 침투용 항공기 AN-2를 속속 잡아내 위치를 알리자 적외선 유도 미사일이 날아들어 바로바로 요격한다. 이미 활주로가 다 파괴되어 AN-2는 피하려 해도 피할 수 없는 상태이다.

특수 8군단을 비롯한 북한의 특수전 부대는 이동수단도 없지만 무엇보다도 1호 명령이 떨어지지 않아 야산에 몸을 숨긴 채 어찌할 바를 모르고 있다.

한국시각 11:00

C-130 허큘리스 수송기들이 영변, 무수단리, 풍계리 등 핵시설이 있는 지역으로 날아가 수백 개씩의 낙하산을 끊임없이 떨어뜨린다. 네이비실, 델타포스, 레인저 등 각종 특수부대가 혼재된 공정대는 이미 초토화되어 경비병조차 없는 핵시설을 손쉽게 장악한다.

한국시각 수요일 09:00

시진핑이 주재하는 비상 군사회의에서 미국의 공격에 대

한 규탄이 이어진다. 시진핑은 고뇌하나 지난번 남지나해에서 미국 구축함이 쉔쯔에게 쫓겨간 기억이 자꾸 떠오른다.

외교부장은 미국 국무장관이 6자회담을 언급했던 사실을 보고한다.

"과거 우리와 미국 사이에 북한이 핵을 포기하지 않으면 미군 공정대가 북한의 핵시설을 장악하고 우리 군이 북한 북부에 주둔하는 걸 논의한 적이 있습니다."

고뇌하던 시진핑은 결국 압록강 너머에 대기하고 있던 5개 군단 15만 병력의 북한 투입을 명령한다.

한국시각 11:00

여의도 국회에서 방사포 피폭의 책임을 물어 문재인 대통령 탄핵 요구가 거세다. 흥분한 사망자 유족들이 청와대로 몰려들고, 언론도 유족의 분노를 담아내는 데 온 지면을 할애하고 있다.

군 지휘관들의 기류도 심상찮다. 미국의 선제타격을 반대했던 국민들까지도 관악산 벙커 앞으로 몰려가 문재인 대통령을 규탄한다.

한국시각 목요일 15:23

로켓부대를 앞세운 랴오닝 성 집단군 제1사단이 압록강을 건너고, 이틀간의 맹폭으로 부대가 궤멸되어 어쩔 줄 모르고 있던 북한군 병사들의 열렬한 환영을 받는다. 북한군이 앞서고 중국군이 뒤를 따르는 형태의 남진이 이루어진다.

한국시각 20:47

북한군과 중국군이 혼재한 야영지에 항모에서 발진한 슈퍼호넷 편대가 날아와 이들을 마구 때리기 시작한다.

쑤웅!

중국군의 유도 미사일이 날아오자 슈퍼호넷들은 미사일 포대를 향해 공대지 미사일을 발사하고 순식간에 슈퍼호넷과 미사일 포대의 격전이 벌어진다. 슈퍼호넷 몇 대가 검은 연기를 내뿜으며 격추당하자 중국군이 만세를 부르지만 잠시 후 F-22 랩터 편대가 도착해 미사일 포대를 전멸시킨다.

한국시각 21:50

미군으로부터 야영지 폭격을 당한 중국군 지도부는 격분해 랴오닝 성의 모든 미사일 부대에 압록강을 건너도록 지시한다.

영변으로 특수부대 2개 중대 병력을 실어 나르던 C-130 허큘리스 한 대가 중국군의 유도 미사일 공격을 받고 300여 명에 이르는 중대원들이 몰살하자 트럼프는 기다렸다는 듯이 중국에 선전포고한다.

"본인은 북한 핵 해체 작전 중인 미합중국의 정당한 행위를 가로막고 우리 군에 유도 미사일 공격을 퍼부어 300여 명의 생명을 앗아간 중국을 상대로 전쟁을 선포하는 바요!"

이로부터 한 시간 후 미국 국무성은 주미 중국대사관의 폐쇄와 중국 외교관들의 추방을 발표하고, 재무성은 중국이 보유한 달러와 채권의 완전 무효를 선언한다.

시뮬레이션은 여기까지였다. 불이 켜지자 트럼프는 대단히 만족스러운 표정을 지었다. 그는 자신과 마찬가지로 흡족해하는 육해공군 지휘관들을 향해 주먹을 꽉 쥐어 보였다.

"우리는 역사상 가장 위대한 군대를 건설했소. 이제 나는 이 군사력을 바탕으로 미국을 다시 세계에서 가장 강력한 나라로 만들 거요. 여러분은 나를 따르기만 하면 역사에 공헌한 가장 뛰어난 지휘관으로 남을 거요."

모두가 박수를 치는 가운데 한 지휘관이 손을 들었다.

"대통령 각하, 질문을 하나 해도 되겠습니까?"

"뭐든 하시오."

"러시아를 그냥 두고 중국과 전쟁을 하는 건 어딘지 찜찜합니다."

"크하하하!"

트럼프는 고개를 뒤로 젖히고 크게 웃었다.

"좋은 질문이오. 러시아를 그냥 두고는 아무것도 할 수 없지. 이제 여러분은 내가 왜 선거 전부터 유독 러시아와 그렇게 가까이 지냈는지 이해할 수 있을 거요."

트럼프는 마치 예언자 같은 신비한 표정을 얼굴에 흘리며 비서에게 지시했다.

"푸틴 대통령을 연결해!"

전화가 연결되는 동안 트럼프는 득의만면한 표정으로 설명해나갔다.

"자유무역의 가장 큰 희생자는 우리 미국만이 아니오. 미국이 수사자라면 암사자인 러시아 또한 역사의 변두리로 밀려났소. 나는 이제 사자들의 시대를 복원시킬 거요. 바로 러시아의 차르이자 나의 가장 가까운 친구 푸틴과 손을 잡고 말이오."

푸틴과의 연결이 조금 지연되자 트럼프는 그간의 러시아

스캔들 특검에 분풀이라도 하듯 자랑스럽기 짝이 없는 얼굴로 저간의 사정을 설명했다.

"내 사위 쿠슈너는 보통 샤프한 친구가 아니오. 그는 나를 대신해 푸틴에게 왜 우리가 같이 가야 하는지를 설명했고, 푸틴은 100퍼센트 우리와 같이 걷기로 다짐했소. 그와 나는 중국을 비롯한 약탈자들과 명확히 선을 긋기로 했고 당분간 우리는 산유국으로서 같이 세계를 경영할 거요. 하지만 러시아가 1달러 버는 동안 우리는 100달러를 벌게 되지. 진정한 트럼프노믹스는 바로 이걸 말하는 거요."

푸틴이 연결되자 트럼프는 스피커를 켜도록 지시했다.

"여러분도 직접 듣고 힘을 내시오. 이번 전쟁은 미국 대통령 트럼프가 앞에서 끌고 러시아 대통령 푸틴이 뒤에서 밀고 있소."

지휘관들을 마주 보고 선 트럼프는 우렁찬 음성으로 화면의 푸틴에게 과장된 인사를 건넸다.

"블라디미르 블라디미로비치, 여기 나의 지휘관들이 있소. 어서 이들을 격려해주시오."

커다란 화면을 가득 채운 푸틴은 특유의 무표정한 얼굴로 건조하게 말을 뱉어냈다.

"러시아는 세계에서 가장 강력한 대륙간탄도탄을 보유하

고 있소. 이 미친 폭탄들이 화가 나면 미국의 모든 도시를 백 번 이상 파괴할 수 있는 건 여러분이 잘 알 거요. 미국이 불순한 의도로 전쟁을 일으킨다면 이 폭탄들은 사정없이 로스앤젤레스고 뉴욕이고 날아갈 거요. 여러분이 진정한 미국의 군인이라면 미친 대통령을 따라 춤을 추지 않을 거라 나는 믿소."

푸틴이 모니터에서 사라져버리자 트럼프는 얼굴이 시뻘개져서 미친 듯 고함을 질렀다.

"뭐라, 푸틴! 저 못 믿을 루스키 자식이 뭐 저따위 소릴 하는 거야! 뭐라고? 미국에 대륙간탄도탄을 쏘겠다고? 그래, 쏴봐, 쏘란 말이야, 푸틴 이 개자식아! 누가 죽나 보자. 네가 쏘면 나는 못 쏠 것 같아! 미국이 망하면 너희는 안 망할 것 같아! 한번 해보잔 말이야!"

지휘관들 사이에서 웅성거리는 소리가 나기 시작하더니 트럼프의 절규가 계속되자 노골적으로 고개를 가로젓는 지휘관이 늘어났고, 차츰 삼삼오오 모여 머리를 맞대고 숙의하더니 급기야는 국방장관이 모든 지휘관의 의견을 모아 트럼프 앞에 섰다.

"대통령 각하, 시뮬레이션은 실패입니다. 공격은 없습니다."

43.

Come Together

시진핑은 특사 이해찬의 경고를 접하자 대경실색해 키신 저를 비롯한 채널을 있는 대로 돌렸다. 얼마의 시간이 흐른 후 미국이 시뮬레이션 직후 공격을 개시할 작정이며, 중국과의 전쟁을 염두에 둔 시나리오를 만든 것 같다는 보고를 받고는 크게 탄식했다.

"아아, 결국 이런 날이 오고야 마는가!"

그토록 피하려고 했던 미국과의 충돌이 이제는 불과 며칠 앞으로 다가온 것이었다.

"지난번 2,500억 달러가 아니라 1조 달러를 줄 걸 그랬나? 지금이라도 2조 달러를 약속할까?"

시진핑은 연속 속절없이 중얼거렸지만 외교부장은 부정적

이었다.

"액수도 너무 크지만 악순환이 될 뿐입니다."

"무슨 소리야! 지금 돈이 문젠가? 나라가 주저앉을 판인데. 내 솔직한 심정은 목숨이라도 내놓겠어. 그놈들과 전쟁을 피할 수만 있다면."

"불길한 건 푸틴이 계속 전화를 거부하고 있다는 사실입니다. 아마 미국과 모종의 밀약이 있는 것 같습니다."

"내가 러시아 놈들을 믿다니 정신이 나갔었어."

"이해찬 특사에게 뭔가 대책이 있는 것 같으니 그의 얘기를 들어보는 게 좋겠습니다."

김정은 또한 임종석으로부터 미국의 공격이 임박했다는 얘기를 듣자 얼굴이 하얘졌지만 입으로는 과장스럽게 흰소리를 내뱉었다.

"트럼프 이 늙다리 간나 새끼, 북조선인민공화국으로 미사일은커녕 대포 한 알이라도 날아오는 순간 네깟 놈이래 바로 황천행이야!"

하지만 그는 이내 조바심을 내비치며 물었다.

"임 동지, 미국 놈들이 전쟁을 일으킨다는 게 정확한 정보가 맞수까?"

"그렇습니다. 지금 중국도 초긴장 상태입니다."

"미국 놈들이 저러는데 중국은 가만있는다는 겁네까?"

"중국이 무슨 힘이 있습니까? 오히려 더 벌벌 떤다고 합니다."

임종석이 녹음해두었던 베이징 이해찬과의 통화를 들려주자 김정은의 안색이 삽시간에 흙빛으로 변했다. 사실 북한이 마음 놓고 ICBM 개발에 매진할 수 있었던 건 중국과 러시아가 있는 한 미국이 함부로 군사행동을 취하지 못한다는 판단과, 남한을 인질로 잡고 있는 한 미국이 공격하지 못한다는 믿음 때문이었다. 그러나 지금 미국이 군사행동에 나선다는 건 이 판단과 믿음을 모두 깬다는 것이고, 믿음이란 깨지면 그만일 뿐이었다.

"이렇게 된 이상 나는 남조선을 공격할 수밖에 없소!"

임종석은 김정은을 한참 노려보다 전혀 예상 밖의 한마디를 토해냈다.

"맘대로 하세요!"

"메라구?"

"문 대통령님은 정권이 전복될 위험을 무릅쓰고 처음부터 일관되게 선제타격 불가와 전쟁 불가를 외쳐왔어요. 그랬기 때문에 지금껏 미국이 고심하며 북한을 공격하지 못했어요.

그 대가가 남침이라면 마음대로 하세요."

김정은은 안절부절못할 줄 알았던 임종석이 예상 밖으로 강하게 나오자 당황스러웠다.

"위원장님은 할 수 있는 게 아무것도 없어요. 벌벌 떠는 시진핑을 꾸짖으며 미국과 붙으라고 해보세요. 오히려 지금 중국은 북한을 침공함으로써 미국과의 대립을 피하려 들지 몰라요."

임종석의 이 한마디는 김정은의 머리를 강타했다.

"그리고 남한을 공격하면 어떤 결말이 올지는 위원장님이 누구보다 잘 알 것 아닙니까? 위원장님이나 남한 공격의 선봉에 선 부하나 살아남을 수 없어요."

"이 간나가!"

임종석은 마음에 있는 말을 다 토해냈다.

"지금 미국은 북한 전역을 타깃으로 삼고 있어요. 트럼프가 '완전 파괴'라는 용어를 쓰는 건 이미 군사작전이 그런 쪽으로 세워졌단 뜻이에요."

"으음!"

김정은의 입에서는 신음이 새어 나왔다. 풀이 죽은 그는 말투도 바꾸었다.

"임 동지, 당신은 여기 왜 온 거요?"

"우리 특사와 미국 대통령의 담판을 기다리는 겁니다. 만약 그분이 성공하면 위원장님에게는 마지막 기회입니다."

위룸에서의 시뮬레이션이 깨진 후 백악관에 틀어박힌 트럼프는 아무도 만나려 들지 않아 홍석현은 워싱턴포스트 회장과 뉴욕타임스 사장 등 자신의 온갖 인맥을 다 동원해 간신히 트럼프와 마주 앉을 수 있었다.

"특별히 시간을 낸 거요. 10분 주겠소."

"막상 얘기를 꺼내면 열 시간도 더 넘게 들으려 드실 텐데요."

"쳇! 뭐든 시간 낭비 말고 빨리 말해보시오."

"먼저 나는 대통령 각하께 자신감을 가지라 말하고 싶어요. 왜 미국 경제를 그렇게 비관적으로만 보는 겁니까?"

"무슨 소리요?"

"세계의 중요한 기술은 모두 미국에서 나와요. 기술 이전에 개념과 이론, 즉 과학이 모두 미국에서 나온다는 얘깁니다. 자신감을 가져요. 일반 상품 위주의 중국으로서는 도저히 미국을 쫓아갈 수 없어요."

"그러나 현실적으로 우리는 막대한 무역적자에 시달리고 있소. 중국 놈들이 우리 피를 빨아먹고 있는 거지."

"그 역할을 북한에 맡기자는 겁니다."

트럼프는 사업 머리가 비상한 사람이라 바로 홍석현의 말을 이해했다.

"미국에서 쓰는 물건들을 중국에서 수입하지 말고 북한에서 사라는 거요?"

"바로 그겁니다. 중국의 부상을 극도로 싫어하면서도 중국을 키워주는 건 바로 미국이잖아요. 컴퓨터부터 이쑤시개까지 전부 중국 걸 쓰니까. 이제 그 역할을 북한에 맡기자는 거예요. 북한의 그 값싸고 질 좋은 노동력을 남한의 자본 및 기술과 합치게 해주면 즉각 중국을 추월해요."

"그럼 중국 놈들이 하던 도둑질을 남북한이 손잡고 하겠다는 거요?"

"미국이 값싸고 질 좋은 일반 상품을 대거 필요로 하듯 북한도 미국의 갖가지 하이테크 제품을 극히 필요로 해요. 북한이 중국을 대신해 모든 제품을 미국에 공급하고 거기서 얻은 수익을 몽땅 미국 제품 구입에 쓰면 그게 바로 트럼프노믹스예요. 다자간 자유무역이 아닌 쌍무 협약을 하자는."

"북한이 물동량을 다 커버할 수 있겠소?"

"하고도 남아요. 한국과 같이하면 중국보다 생산능력이 더 커요."

"그런데 핵은?"

"핵은 심리예요. 안심시켜주면 자연히 해결됩니다. 지금 얘기한 것처럼 미국이 북한 상품에 최혜국 지위를 주고 북한 정권을 인정해주고 어떠한 무력도 행사하지 않는다는 협정을 맺으면 북한은 도장 찍는 순간 핵 포기하고 병력도 확 줄이고 모두 생산에 투입해요."

"우리가 그렇게 한다 하더라도 남한이 문제 아니오? 북한은 남북 개방이 되면 정권이 자빠질까 봐 꽁꽁 싸매고 있는 거 아뇨?"

"우리 남한은 북한과 30년 후 통일을 하기로 협정을 맺을 거예요. 김정은 정권이든, 뒤집고 일어나는 정권이든 안심하도록 해주는 겁니다. 그 30년간 우리는 북한이 G20에 들도록 할 겁니다. 그러고 나서 통일하면 서로 좋아요."

"매력 있는 얘기이긴 한데……."

"대통령 각하가 총 한 방 안 쏘고도 북핵을 없애면 러시아 스캔들을 말끔히 날려버리고 영웅적 지도자 반열에 들게 됩니다."

트럼프는 한참이나 홍석현을 바라보고는 만족스런 표정으로 고개를 끄덕였다.

"무엇보다 중국에 갈 이익을 북한으로 돌리고 북한은 다시 미국에 돌려준다는 게 마음에 드는군. 맞아, 무역이란 그렇게 해야지."

"북한이란 시한폭탄을 없애주면 중국도 트럼프 만세를 외칠 겁니다. 바로 조금 전까지도 워룸에서는 북한을 도화선으로 중국을 치는 연습을 하지 않았습니까?"

"흐흐, 그렇군. 그런데 우리 군수산업은? 북한이라는 블랙십이 없어지면 내리막을 탈 수도 있는데."

"중국이 군사굴기에 급피치를 올리니 앞으로는 북한보다 나은 구실입니다."

"모든 게 완벽하군. 북한이 약속을 안 지키면 그때야말로 전 세계와 더불어 응징하면 되니까."

"그 약속까지 안 지키면 우리가 먼저 나섭니다. 하지만 협정 이후부터는 진심으로 잘 이끌어야죠. 1천억 달러 정도 마련해줄 필요가 있습니다. 그 정도의 현금이 북한에 들어가면 김정은이 자신감을 갖고 경제 개혁을 할 수도 있고, 반대로 급격히 산업화 세력이 형성되어 김 씨 세습 정권을 무너뜨릴 수도 있습니다. 어느 쪽이든 과거 마셜 플랜 역할을 하는 거지요."

"돈은 누가 내는 거요?"

"한국, 미국, 일본, 중국이 250억 달러씩 내면 모두가 만족스러울 겁니다. 과거 마셜 플랜은 미국이 혼자 했지만요."

트럼프는 한참 생각하다 말했다.

"홍 회장, 한강의 기적을 이룬 당신네 한국인들은 얼마든지 북한을 G20으로 끌어올릴 거요. 좋소, 그 방향으로 갑시다. 그리고 고맙소. 당신은 절망의 구렁텅이에 빠져 있던 나를 건져주었소."

두 사람은 자리에서 일어나 서로를 굳게 껴안았다.

한국으로 돌아온 네 사람의 특사를 맞는 문재인 대통령은 환희에 들떠 있었다. 특히 머리에 전쟁만을 담고 있던 트럼프를 완전히 새 세상으로 이끌어낸 홍석현에게 깊이 고개를 숙였지만 홍석현은 전혀 이해할 수 없다는 표정으로 물어왔다.

"대통령님, 도대체 어떤 요술을 부렸기에 미국의 지휘관들 앞에서 푸틴이 180도 돌아버린 겁니까? 트럼프가 그런 기획을 했을 때는 사전에 굳게 약속을 했을 텐데요."

"하하, 홍 회장님, 그 요술을 부린 분을 소개하겠습니다. 먼저 요술사를 모시고 온 최이지 박사님입니다."

최이지는 일어나 고개를 숙였다.

"그리고 문제의 그 요술사입니다. 자, 인철 씨가 요술의 내막을 얘기해주실까요?"

그러나 인철은 웃으며 고개를 가로저었다.

"저는 아무것도 모릅니다. 저도 현장에 계셨던 분의 얘기를 듣고 싶습니다."

사람들의 시선이 모두 송영길에게 쏠렸다.

"흐흐, 저야말로 아무것도 모릅니다. 그냥 허수아비였어요. 인철 씨가 준 USB 하나를 푸틴에게 건네준 걸로 상황 끝이었어요. 워낙 친하기도 했지만 얼마나 술을 마시자는지, 그냥 술만 마시다 왔을 뿐이에요."

"그 USB 안에 뭐가 들었는데요?"

이해찬의 궁금증에 송영길은 씨익 웃으며 대답했다.

"그거 말하면 나도 트럼프 짝 납니다."

"트럼프 짝? 무슨 뜻이죠?"

"트럼프가 모스크바에서 접대 한 번 잘못 받고 평생 약점 잡혀 고생하잖아요."

대통령 집무실에 웃음이 터진 가운데 송영길은 당시의 상황을 전했다.

한국에서 날아온 송영길이 건넨 USB를 열어본 푸틴의 얼굴에 핏기가 가셨다.

"무얼 해주면 좋겠소?"

"트럼프는 백악관 워룸에서 전쟁 시뮬레이션을 하고 문제가 없으면 바로 전면적인 대북 타격에 들어갑니다. 트럼프를 말려주십시오."

"그거면 되겠소? 1억 달러든 10억 달러든 얼마든지 줄 수 있소."

"지금 전 세계에서 트럼프의 공격 의지를 꺾을 수 있는 사람은 대통령 각하뿐입니다. 트럼프만 말려주시면 됩니다."

"북극에서 하와이 인근 해역으로 최신형 ICBM을 쏘겠소. 참, 그전에 일요일 아침엔가 미국 지휘관들 앞에서 트럼프와 친분을 과시하는 화상통화를 하기로 했는데 그때 칭찬 대신 욕을 퍼붓겠소."

송영길은 잠시 시간 계산을 하더니 잘되었다는 표정으로 말했다.

"그때가 미국시각으로 전쟁 시뮬레이션을 할 때입니다. 그때 ICBM을 쏘겠다고 하는 게 좋겠습니다."

"정말 그거면 되겠소?"

"그렇습니다."

일요일 아침, 전쟁 시뮬레이션 현장의 트럼프와 통화를 마친 푸틴은 바로 옆에 있던 송영길을 보며 통쾌하게 웃었다.

"수고하셨어요."

"수고는 무슨! 송 동지가 날 위해 여기 모스크바까지 와줘서 얼마나 고마운지 모르겠소. 러시아에는 '위급할 때 친구가 누군지 알 수 있다.'라는 속담이 있는데 이번에 송 동지야말로 진정한 나의 친구인 걸 알게 되었소."

"여하간 도와드릴 수 있어 기쁩니다."

"내가 할 일은 이게 다요? 더 이상 해드릴 건 없소?"

"이제까지와 마찬가지로 시진핑의 전화를 피하시기만 하면 됩니다."

"누가 걸든 중국 쪽 전화는 절대 연결 말라 그랬으니 그건 염려할 필요 없소. 그럼 이제 나는 송 동지와 술독에 빠지기만 하면 되는 거군?"

"바로 그렇습니다."

두 사람은 술잔을 부딪쳤다. 푸틴은 고개를 숙여 송영길과 맞댄 술잔에 입술을 대기 직전 눈을 치뜨고 물었다.

"참, 그런데 그 파일 복사본은 확실히 없소?"

"대한민국 대통령의 약속입니다. 아니 그전에 대한민국의 약속입니다. 맹세코 복사본은 없습니다. 당신의 영원한 친구 송영길이 보증합니다."

"진심으로 고맙소."

푸틴은 본래 쿠슈너의 제안을 받아들여 미국의 중국 공격에 동조했고, 트럼프의 요청에 따라 시뮬레이션이 끝나고 지휘관들 앞에서 트럼프와 우정의 통화를 할 예정이었다. 그러나 한국에서 찾아온 송영길이 내놓은 수십 페이지의 서류를 보는 순간 푸틴은 거의 비명을 지를 뻔했다. 그것은 전 세계에 숨겨진 자신의 재산이 빠짐없이 기록되어 있는 엑스파일이었다. 한때 자신의 재산이 빌 게이츠보다 많다는 둥 소련붕괴 후 지금에 이르기까지 자신이 형성한 재산에 대한 구구한 억측을 간신히 잠재운 상황이었다.

무려 90퍼센트에 이르는 지지율을 하루아침에 30퍼센트이하로 가라앉혀버릴 이 저승사자의 명부 앞에서는 세상에 무서울 게 없는 푸틴도 꼼짝달싹할 수 없었다. 이 파일이 공개되면 곧 있을 당선 가능성 100퍼센트의 대통령 선거도 크게 흔들릴 것이었다. 그나마 다행인 건 이 명부를 가지고 온 사람이 다름 아닌 오랜 친구 송영길이었던 것이다.

"저는 한국을 떠나기 전 이 파일을 갖고 온 사람과 다짐을 했습니다. 그는 믿을 만한 사람이었고 내게 확고부동한 약속을 했습니다. 염려 않으셔도 됩니다."

두 사람은 술잔을 높이 들었고, 푸틴은 송영길을 바라보며 한국인들이 좋아하는 푸시킨의 시 한 구절을 읊었다.

"마지막 꽃들은 더 사랑스럽네, 들판에 화려한 첫 꽃들보다도."

물론 이는 자신의 비밀을 영원히 지켜달라는 당부였다.

송영길의 얘기가 끝나자 모든 사람들의 이목이 인철에게로 집중됐다.

"놀랍군요. 어떻게 푸틴의 최고 비밀을 알아낼 수 있었죠?"

인철은 무의식중에 아이린의 이름을 입 밖으로 내려다가 멈칫했다. 힘든 시간을 보내고 있을 아이린의 이름을 함부로 입 밖에 낼 수 없다는 생각에 이어 불현듯 알 수 없는 한 줄기 슬픔이 마음속 깊은 곳으로부터 피어올랐다.

어마어마한 가문에서 태어났지만 그녀가 원했던 건 소박한 자유였다. 그리고 무엇보다도 그녀에게는 자신의 자유뿐만 아니라 타인의 자유를 소중히 여기고 지켜주려 했던 고귀함이 있었다.

"그건…… 프로메테우스가 준 선물이었어요."

인철은 갑자기 눈물이 날 것만 같아 간신히 말을 끝내고 급히 자리에서 일어나 밖으로 나왔다. 출입증을 바꾸고 효자로를 따라 걸어 내려올 때 누군가 옆에 다가와 같이 걸음을 옮겼다.

이지였다.

<끝>

미중전쟁 2

2018년 3월 2일 초판 1쇄 발행 | 2021년 1월 27일 92쇄 발행

지은이 김진명
펴낸이 정법안 **경영고문** 박시형

책임편집 최세현, 손현미, 정상태 **디자인** 김애숙, 임동렬
마케팅 양근모, 권금숙, 양봉호, 임지윤, 이주형, 조히라, 유미정, 전성택
디지털콘텐츠 김명래 **경영지원** 김현우, 문경국
해외기획 우정민, 배혜림 **국내기획** 박현조
펴낸곳 마음서재 **출판신고** 2006년 9월 25일 제406-2006-000210호
주소 서울시 마포구 월드컵북로 396 누리꿈스퀘어 비즈니스타워 18층
전화 02-6712-9800 **팩스** 02-6712-9810 **이메일** info@smpk.kr

© 김진명(저작권자와 맺은 특약에 따라 검인을 생략합니다)
ISBN 978-89-6570-546-8 (04810)
ISBN 978-89-6570-547-5 (세트)

쌤앤파커스(Sam&Parkers)는 독자 여러분의 책에 관한 아이디어와 원고 투고를 설레는 마음으로 기다리고 있습니다. 책으로 엮기를 원하는 아이디어가 있으신 분은 이메일 book@smpk.kr로 간단한 개요와 취지, 연락처 등을 보내주세요. 머뭇거리지 말고 문을 두드리세요. 길이 열립니다.